散文集

爱情不是你的全部

〔日〕石田衣良　著

李俄宪　译

恋は、あなたのすべてじゃない

青岛出版集团 ｜ 青岛出版社

KOI WA ANATA NO SUBETE JANAI

©Ira Ishida 2006, 2012

First published in Japan in 2012 by KADOKAWA CORPORATION, Tokyo. Simplified Chinese translation rights arranged with KADOKAWA CORPORATION, Tokyo through CREEK & RIVER Co., Ltd.

山东省版权局著作权合同登记号 图字：15-2022-141号

图书在版编目（CIP）数据

爱情不是你的全部 / （日）石田衣良著；李俄宪译 .
青岛：青岛出版社，2025.1. —— ISBN 978-7-5736
-2837-4

Ⅰ.Ⅰ313.65

中国国家版本馆 CIP 数据核字第 2025AR2496 号

书　　名	AIQING BUSHI NI DE QUANBU **爱情不是你的全部**	
著　　者	[日]石田衣良	
译　　者	李俄宪	
出版发行	青岛出版社	
社　　址	青岛市崂山区海尔路 182 号（266061）	
本社网址	http://www.qdpub.com	
邮购电话	0532-68068091	
策　　划	杨成舜	
责任编辑	刘　迅	
封面设计	光合时代	
照　　排	青岛可视文化传媒有限公司	
印　　刷	青岛双星华信印刷有限公司	
出版日期	2025 年 1 月第 1 版　2025 年 1 月第 1 次印刷	
开　　本	32 开（787 mm×1092 mm）	
印　　张	5	
字　　数	80 千	
书　　号	ISBN 978-7-5736-2837-4	
定　　价	39.00 元	

编校印装质量、盗版监督服务电话　4006532017　0532-68068050

目录

恋爱要淡淡地谈

"欲擒故纵""风轻云淡"才帅气

恋爱要淡淡地谈——这里的"淡",不是指"淡漠"地谈恋爱,而是要适当保留你的爱意。也就是说,即使你有满腔爱意,在对方面前,也需要把握好表达爱意的尺度,保持自我。

我明白,对大部分女性而言,恋爱极为重要,但为何不尝试暂时将其搁置一旁呢?能够做到这一点的女性,在别人眼中,往往显得更为飒爽,更为轻松。

曾几何时,"专一的恋爱最美好"这一观念盛行,而"纯爱"则推动了"恋爱至上"主义的发展。所谓的"纯爱"究竟是什么?它真的美丽且无懈可击吗?如果真是这样,那么只追求这种美丽事物的人生反而显得空洞,缺乏深度和挑战。

一个人的心之所以丰富多彩,正是因为它经历过世俗的浸染且留下了许多伤痕。与之相比，那些未经世事、只追求完美爱情的心，是否显得有些肤浅了呢？

随着时间的流逝，恋爱双方的感情和关系都会不断发生变化，即使两个人努力维持恋爱的紧张感，也是徒劳。大部分男性认为，工作很重要，自己独处的时间也很重要，当然，爱情也是人生的一大乐事。我希望女性也能学习男性的这种思考方式。

女性结婚之后，仅依靠伴侣的收入生活，在今后将变得越来越困难。从这一点来考虑，我希望女性能够珍惜并重视自己的工作和兴趣，不要总想和男性腻在一起。

谈一谈"过渡性"的恋爱也无妨

女性过于看重恋爱，反倒难以选择恋爱对象。许多女性认为："如果错过了对的人，那么就会得不到幸福。"在面对两位追求者，需要做出选择时，许多女性会因害怕选错而无法做出选择。（笑）其实，再过三五年，你的真命天子说不定就会出现。如果一直痴等，那么在如花似玉的那些年，你大概只能谈一两次恋爱。

有些女性满足于自己的现状，认为不必急于谈恋爱，可是如果你积累的经验和收集的信息过于匮乏，就无法真正理解男性。尽管这种说法可能不够恰当，但我认为，谈"过渡性"的恋爱也是有益的，它就像进行"恋爱练习"一样。这是因为那些将恋爱视为"练习"的人，可能在恋爱的过程中找到真爱，开始一段能够开花结果的恋情。

因此，我建议女性在不同的场合多结识一些新朋友，拓宽社交圈。当然，你没有必要深入了解所有认识的人，也不必投入过多的精力。你可以在聚会时结识几位合得来的男性朋友，如果其中有值得进一步发展的男性，那么再考虑进一步和他交往。也许会有男性向你提出请求："请让我们多接触一下！"（笑）

如果一次都没约会过，女性就说"你不是我喜欢的类型"，对男性来说，这是令其十分难受的事。

女人有欲望——天经地义

有些女性希望听到伴侣说"你在我心中排第一位"或者"我喜欢你"，然而，这样的期望对日本男性来说可能过高了。

能经常说出这些情话的男性，无论面对谁，都能轻易说出这些话，因此，这样的男性更不值得信任。

社会上流行着这样一种说法："和许多男性交往的女性相当于交际花。"这种观念极大地束缚了女性，是封建主义思想的残留。在这方面，日本社会对女性的要求似乎过于苛刻。

女性应该像男性那样，正视自己的欲望，并学会恰当地表达这些欲望。有些男性可能会不负责任地将这种行为贴上"不知检点"或"经验丰富"的标签。对这样的男性，女性最好无视他们。

那么，在轻松地与几位男性正常社交的过程中，如何逐步缩小范围，找到适合自己的恋人或结婚对象呢？我认为，在这个过程中，比理性分析"这个人不错""这才是我的理想对象"更重要的是双方邂逅的契机、双方的性格是否合得来，以及两个人的缘分等因素。

你最看重对方的哪一点？

虽然这是一个经常被讨论的话题，但我仍然希望每个人在恋爱时都能认真思考自己选择伴侣时最看重的是什么。如果你特别在意对方的外貌，那么就找一个相貌出众的伴侣。当然，也有女性特别在意对方的经济状况。

可能是因为从事作家这一职业，我喜欢说话有趣或有独到见解的女性，当然，如果对方是一个大美女的话，那就更好了。（笑）但是就我个人而言，比起容貌，我更看重交谈时的感觉。

就像刚刚我所提到的那样，女性挑选的伴侣，首先应该满足女性最在意的条件，以此为基础，女性再对其进行其他方面的筛选。如果你能遇到与你聊得来且有共同爱好、你的某些想法只有他才懂的男性就更好了。

说到"只有对方才懂"，我这里有这样一则故事。

很久之前，在山形县的电影节上，我遇见了一对神仙眷侣。妻子30岁出头，丈夫比她大17岁。

听说这位丈夫每年有3个月会表现得像小孩子一样，十分闹腾。妻子说："他现在正处在这一时期。"我向她询问了原因。她回答道："我的生日比他早3个月，在这3个月里，我们的年龄差只有16岁。"

对丈夫来说，这只有 16 岁年龄差的 3 个月，是一年中很特别的时间段。

这是一个温馨的故事。听完他们的故事，我马上将它写进了小说里。

抓住男性的心的秘诀 —— 从容应对

我在这里给大家传授一下抓住男性的心的秘诀。

大部分的女性在与男性交往时，都会先尝试与对方建立亲密关系，然后再进一步发展。恋爱的关键在于建立亲密关系之后的相处之道。女性往往想和对方保持联系并发展更深入的关系，但在此之前，女性可以先用一些借口来和对方保持一定的距离，比如"我现在工作很忙"等。这样可以让男性觉得你是个有趣的人，从而开始追求你。

另外，女性需要注意的是，男性通常喜欢被赞扬。即使他做的事情很平凡，只要你表现出浓厚的兴趣并称赞："你真有趣！"他就会觉得自己非常有价值。男性就是这样简单而纯粹的生物。

然而，如果女性在这段感情中无法保持冷静和理智的话，那么她就无法施展出这些技巧和策略。因为女性一旦过于沉迷爱情，就很难洞察男性的真实想法和感受。

　　当然，这并不意味着所有的女性都应该尝试这种从容的恋爱方式。毕竟，每个人对爱情的定义和追求都是不同的。重要的是，女性要明白，你才是自己人生的主角。

　　当代女性在恋爱中表现得十分积极，无论是邀请对方约会还是求婚，她们往往都会主动出击。而男性又是如何应对女性的积极态度的呢？他们可能对此缺少热情的回应，有些男性甚至会逃避其应该承担的责任。这种现象可能是由于当代社会中"精神阳痿"的男性变多了。

　　我认为，如果女性爱上了那些怕麻烦且胆小的男性，她们可以展现自己的成熟和从容，以此来增加恋爱成功率。例如，女性只要对男性说一句"我对你很感兴趣"，就足以让男性对其产生兴趣。

　　然而，没有挑战的人生可能会显得平淡无味，我们不应轻视生活其他方面的价值，应该将一部分精力从恋爱中抽出来，更好地去做其他的事。这样，我们不仅能够邂逅美好的爱情，还能让自己的生活变得更加丰富多彩。

恋爱也需要心机？

有目的的"算计"，反而是单纯的明证

恋爱需要心机吗？需要。有人认为，如果恋爱中的一方使用心机，那么这段恋情就不再纯粹了。然而，这样想的人自己又能有多纯粹呢？不知为何，许多日本人非常喜欢纯粹的事物。他们对那些兢兢业业、憨厚正直、努力不停歇的匠人赞不绝口。

然而，许多在恋爱中使用心机的人，其实是在认真规划自己的人生。把这种行为视为"算计、计谋"并对其感到厌恶的人，他们的想法是比较幼稚的。如果他们坚持这么想，那么就让他们继续保持所谓的"纯洁"度过一生吧。（笑）

提到在恋爱中使用心机的人，大家首先想到的也许是那些将恋爱对象的经济状况纳入考查范围的女性。

有的女性说："婚后，我不想降低自己的生活质

量。如果对方的年收入达不到一定水平，我就无法得到幸福的生活。"其实，在自己能接受的条件范围内寻找对象是明智之举。

再举一个极端的例子：有一名一心想嫁给富豪的女性，只要是有她理想的男性出席的联谊会，她必定会去参加。她已经做好了准备，只要有中意的对象，她随时可以"跟他走"。

在男性面前，有些女性的眼里流露出的不再是爱慕的光芒，而是对富裕生活的渴望，其实这样的女性更容易被男性看穿。

然而，这种做法或许无可厚非。这些女性直言"我真的很喜欢富裕的生活"，她们非常清楚自己的目的和所作所为。这或许也算是一种纯粹的表现。

另外，我认为谈恋爱需要使用一些心机。在处理某些问题时，或许我们应该选择理解和支持对方，而不是一味地计较是非对错。例如，如果你的男朋友喜欢玩弹子球游戏，与其勉强自己去容忍他的这一爱好，你不如让他理解你为什么经常去美容院。总之，当男女双方的观念不一致时，我们可以在一定程度上进行换位思考。

当然，具体问题要具体分析，对同一件事，不同的人会根据自己的感受设定不同的评判标准。有的女性，即使周围的人都对其恋爱对象有许多负面评价，她也无法轻易放弃他，因此，这个问题不能一概而论。

"选黑马"般的恋爱

也有这样的女性，她们会将自己的身心都奉献给前途未卜的男性，例如那些娱乐圈的搞笑艺人、乐队队员、剧团成员或者主持人。"我就是要支持他成为超级明星！"她们乐于为这种理想奋斗。

她们的爱情建立在奉献欲被满足的基础之上。如果对方走红，她们就会觉得自己没有必要再继续付出了，恋爱也变得毫无意义。这种女性也仔细地计算过恋爱能给自己带来的刺激感。

通常，这种女性在享受了一两次这样刺激的恋爱之后，便会觉得："我差不多也该收心，找个可靠的人结婚了。"她们连自己的后路都想好了。（笑）"艺人的成名之路我已经摸得一清二楚了，我要不要去开一家捧红新艺人的经纪公司呢？"有这种念头的女性对一切都仔细计算过。

她们将自己的人生与事业尚未有显著成就的男

性的成功之路交织在一起。"这个人将来必会大放异彩。"她们坚信这一点，并为此不懈努力。尽管这些男性事业成功的概率极低，但他们一旦成功，那么这些女性得到的回报将是相当巨大的。然而，现实情况是，大多数这样的男性都会失败。但是，这也不失为一种有趣的冒险。

随着年龄增长，当这些女性意识到自己的选择是错误的，她们就会开始努力赚钱，并做好承担养家责任的心理准备。这样的做法在一定程度上是很有意义的。我认为，这也是一种相当"奢侈"的生活方式。

总之，一个人必须了解自己最重视的东西是什么。如果一名女性坚持"非英俊男士不嫁"，那么她可以依据外貌选择伴侣。如果一名女性偏爱有艺术气质的男性，那么她可以选择从事文艺行业的男性作为自己的伴侣。如果一名女性希望拥有稳定的生活，那么她可以选择公务员作为自己的伴侣。如果一名女性更加看重社会地位和经济收入，那么她可以选择从事医生、律师等职业的男性作为自己的伴侣。

在择偶时，女性可以排列好各种条件在自己心中的优先级，并在此基础上接受对方不尽如人意的方面，灵活应对现实情况。因此，女性培养自己冷静、成熟和干练的性格特质非常重要。

"花言巧语"是"恋爱战"的"强大援军"

女性一旦坠入爱河，往往难以冷静地思考，特别是在恋情的初始阶段，女性很容易沉醉在对方的魅力之中。这样的热恋无疑是令人愉悦的，女性全身心投入其中也是可以理解的。然而，在此之后，女性需要花时间深思熟虑，仔细评估对方的真实状况。

女性不要在一开始就火速与恋爱对象发生关系，将两个人的关系急剧升温到顶点。女性即使与对方发生了关系，也要给彼此一些时间去冷静，这种从容也是使恋爱关系顺利发展的一个小心机。

如果作为女性的你遇到了一个让你觉得"就是他了"的人，希望你不要羞涩，尽可能地去展示自己的魅力，以此来俘获对方。（笑）许多人认为，在恋爱中使用小心机是不好的事，但在我看来，事实并非如此。比如，一位柔道选手非常擅长过肩摔，难道这位柔道选手在奥运会上连续使用过肩摔也是坏事吗?

情场如战场,大家都要拼命努力,不可以松懈。使用恋爱中的小心机发起纯洁的进攻也好,发出浓浓爱意的信号也好,进行若无其事的身体接触也好……什么都好,请利用好你的优势。在我眼里,一边说着"我才不要为了得到男朋友而那么做呢",假装清纯,一边抱怨着"好寂寞"的女性才更差劲儿。

在情场上,请你以"向死而生"的决心去"战斗"。虽然这么说有点儿夸张,但是有些大龄未婚女性确实是一点儿恋爱心机都没有。她们感叹着"这世上的男性真是没眼光",任由时光白白流逝。也许她们中的许多人,一辈子都没法儿享受甜蜜的恋爱。这也是没办法的事。(笑)

不要轻易放弃,再努力拼一把

此外,及时从胜负之争中抽身也至关重要。"努力过,挣扎过,最终还是决定结束这段恋情。"我们应在何时认清这一点呢?对此,我想说:不要因为年龄而放弃恋情。

大部分女性都希望趁年轻找到理想的伴侣。然而，接近30岁时，她们往往会降低自己的择偶标准。

每当我遇到这样的女性，我都会觉得她们不应该这么轻易降低自己的择偶标准，而是应该继续寻觅理想的伴侣。

择偶的男性往往对恋爱对象的年龄要求很严苛，这导致许多女性认为，自己会随着年龄增长而"贬值"。她们在20岁左右时备受周围男性宠爱，但30岁之后却可能逐渐感受到自己被忽视，从而认为自己失去了魅力，然而，这只是一种主观的感觉。

我认为，女性应该从客观的角度来评价自己。体现女性个人价值的并非年龄和外貌，而是其自身的魅力与生活智慧，而这些东西，是需要经过生活的历练才能得到的，它们就像肌肉，是靠运动一点点锻炼出来的。

"我究竟是一个怎样的人？人生到底为何物？"这是需要我们在深思中领悟的，我们必须摆脱那些小聪明。

四五十岁的女性也可以继续提升自己的魅力和生活智慧。能做到这一点的人，是强大且拥有人格魅力的人。许多优质男性最终也会选择这样的女性，他们觉得这样的女性让他们更有把握与之共度美好人生。

高超的恋爱技巧

"直抒胸臆地恋爱"十分致命

我认为，由女性主动的恋爱也不错，但是，如果女性追求男性的方法不对，也有可能适得其反。不考虑对方的感受，只按照自己的想法横冲直撞，这招最好不要用在成熟的男性身上，因为这招只适用于中学生。

很多女性往往还没有深入了解自己喜欢的男性，光看其外表就对其一见钟情。她们的嘴里喊着"我太喜欢他了"，然后直冲向自己喜欢的人，把自己理想对象的标签一个接一个地往对方的身上贴，觉得"我就是喜欢这样的你"。这样的做法会让男性感到难以理解。我们换位思考一下，你就明白了。如果一名陌生男性这样对你说："你这么可爱，肯定很贤惠吧！我真是太喜欢你了！"女性也会觉得毛骨悚然吧！然而，很少有女性能做到在认真了解对方之后再去告白，大部分女性都信奉"直抒胸臆地恋爱"。对成熟的女性来说，这是致命的错误观念。

恋爱必胜的秘诀不是毅力，而是智慧

女性要想恋爱成功，首先需要了解对方。女性可以装作不经意，通过询问他的朋友、家人等身边的人，以此来增加对男性的了解：他的性格、爱好是什么？他的工作最近是否顺利？他忙不忙，累不累？他喜欢什么样的女性？……获取这些信息的方法有千万种，了解这些之后，女性可以选择适当的方式示爱。

如果对方是喜欢主动追求女性的男性，女性可以尝试通过暗示让对方来追求自己。只要女性足够了解对方，知道对方的喜好，自己探索增进感情的方法也不失为一种乐趣。女性也可以转变一下思路，将选择范围缩小到那些"好拿下"的男性身上，这也是一种恋爱策略。

"只要拼命努力就一定会有回报。"这种恋爱观念是无比危险的。有些女性在恋爱中为爱痴狂、自我陶醉，这样的恋爱是不会结出果实的。恋爱不是光靠毅力就能成功的事。

想拥抱爱情的女性，需要的不是提高自己的攻击力，而是好好观察，彻底了解对方，计算好自己与对方的距离，并使用恰当的方法向对方传达自己的心意。这种思路不仅适用于情场，也适用于职场和家庭。

仔细观察一下周围的人，你会发现，那些在人际关系中如鱼得水的人，往往在情场中也游刃有余，因此，我希望你先去努力提升自己的社交能力。

嗅不到一丝恋爱味道的恋爱技巧

比起步步紧逼对方的恋爱方式，自然地在两个人之间建立起一些联系的做法会更好。冷不丁地将"爱情手榴弹"丢给对方，对方应该会着急："天哪！我要在它爆炸之前赶紧扔回去！"

比起做这样的傻事，不如试着寻找一个察觉不出恋爱气息、两个人都感兴趣的共同话题。电影、故乡、足球等话题都可以，内容不限，其实这和美容师或服务员与初次服务的客户寻找话题的方式很相似，只要找到一个共同点，双方就可以花时间将这一点扩展成线，并加深彼此的了解。

人们通常喜欢那些与自己有共同兴趣或有相似

特质的人。男性尤其会因"她竟然也对我所喜爱的事情感兴趣"而感到高兴。如果女性对对方感兴趣的领域不太了解，可以适当了解一下，但不要让对方察觉到你的这一行为。女性尽量不要表现出"因为你，我开始喜欢我以前讨厌的东西"的样子，也尽量不要做出会引起对方不快的事情。如果对方喜欢的话题较为专业，那么肤浅的言论很容易暴露你相关知识的匮乏。比如，如果对方是一位画家，你就不能仅凭简单的"这绿色矿石颜料真美"等评论获得对方好感。（笑）

然而，女性只说出自己的兴趣，等待对方回应，效果也不好。女性可以尝试在自己的能力范围内寻找两个人都感兴趣的话题。

女性可以等到与对方的关系更加亲密之后，再做出一些出人意料的举动。例如，如果你通常身着职业装，今天突然换上连衣裙，这样的变化能给对方带来新奇的感觉。如果你始终如一地穿着连衣裙，对方可能会认为这是你的个人风格。正因为你平日的着装很规矩，突如其来的改变才显得特别吸引人。除了服饰装扮，你也可以使用俏皮的话语来吸引男性的注意。

适时地赞扬对方也是十分重要的。赞扬的内容可以是多方面的，男性的工作成就、言行举止、兴趣爱好、生活品位，都可以赞扬。

这是因为男性对被赞扬的需求较大。在巨大的社会压力下，他们不得不频繁参与竞争，却鲜少获得认可和赞扬。如果你能适时提供正面反馈，增强他们的成就感，无疑会使他们感到愉悦。举一个简单的例子，当对方帮你打开一个很难拧开的果酱罐的盖子时，一句简单的赞扬："你真厉害！你的力气挺大的呢！"这就足以让他们感到自豪。男性有时就是这么简单而直接。（笑）

给纯真的男性致命一击

当下，女性在恋爱中比较主动的现象，在一定程度上反映了男性恋爱意愿的减退。对此，我深有体会。这种现象背后的原因很可能与当代男性的情感脆弱有关。一旦有人触及他们的内心世界，他们往往会进入防御状态，接着，他们的心就会像闭合的贝壳那样，难以打开。女性需要知道男性有这样纯真的一面。

男女双方的肢体接触可以推动感情发展，但我不建议女性在刚开始约会的时候，一见面就挽起对方的胳膊，或者做出类似的很亲密的动作。男性冷不防地被女性挽住，会因为某些顾虑而无法立刻甩开对方的手，他也许会暂时忍一忍，以后可能就不会再和对方见面了。谁也不希望这样的事情发生。

男性在思考"要不要和她在一起"的时候，如果对方主动出击挽住他的手臂，等于逼他做出决定。这可能会激起他的逆反心理，从而拒绝眼前的女性。因此，在刚开始交往时，女性要小心谨慎地观察男性。如果女性想消除男性的紧张和防备，也可以和他一起去喝酒吃饭。能让人敞开心扉的酒桌，可是获取对方信息的宝地啊！（笑）

能让男性主动地开展攻势，主动地喜欢上女性的方法才是最好的方法。女性最好不要太主动，应该让男性想："我要追到她！"

就算后来他反应过来自己被女性算计了，他也不会觉得自己上当受骗了，因为爱上某个人是一种美妙的体验。

主动出击的女性可以选择各方面条件更好的男性，但需要注意的是，与其眼中充满爱意地追求年收入较为可观的男性，采取不断主动的策略，不如耐心等待，不慌不忙地挑选伴侣，提升自己的恋爱技巧，以便与未来的伴侣更好地相处，这样，女性会得到更加甜蜜的爱情！

还有一点需要大家理解，男女双方开始交往后，男性可能会有恋爱的倦怠期，尤其是在其工作特别繁忙的时候。同时，我也希望男性在感到疲惫的时候，能够发出一个类似"我最近要开始忙碌了"的信号，提醒女性。（笑）

在恋爱暂停休息的时候，女性最好不要去打扰男性。女性早上可以悄悄地把准备好的便当放在他的公文包旁边，只在晚上和他一起吃饭，吃完饭后立即离开。离开之前，女性可以留下一两句温暖体贴的话语，或者是能引起他注意的留言。能够做到这一点的女性，可以说是相当成熟的女性。你对他的用心，会像致命一击一样攻陷他的心。

"不承诺"的诚意

许下承诺的男性真的可信吗?

女性经常批评那些不遵守承诺的男性。(笑)然而，我认为，相较于轻易许诺的人，那些对许诺很慎重的人似乎更值得信赖，那些经常许诺的人往往不太可信。

恋爱中的承诺可以分为几种类型。有对未来的具体计划，如"下次我们一起去吃饭吧"，有对更远的未来的设想，如"我们以后结婚吧"。

尽管这些承诺的重要性各不相同，但在必须遵守的原则面前，它们并无差别。

作为一个重视承诺的人，无论是在工作上，还是在生活中，我都努力信守承诺。例如，如果跟别人约好"下次一起去吃饭"，无论多忙，我都会尽力安排时间，履行这一承诺，哪怕是需要牺牲休息时间，我也愿意去实现它。

期待约会的人很可能在约会日期到来前就已经很兴奋了。

女性会随着约会日期慢慢临近而越来越期待，男性最好不要因为其他事单方面取消约会。

因此，恋爱中的男性千万别轻易许下诺言，一旦不能遵守诺言，其结果会相当糟糕。（笑）

如果女性发现前来赴约的男性一脸疲惫，可一定要抓住这个机会。女性只需要稍稍关心一下男性，男性对女性的好感就会猛增。

用承诺让两个人的感情升温

恋爱初期，女性要多约对方见面。"我们去迪士尼吧！""我们一起去横滨的中华街吃饭吧！"恋爱中的情侣互相承诺本身就是一件很重要的事，承诺可以使两个人的感情升温。通常情况下，在刚开始恋爱时，大多数男性都会克服困难去赴约。

当然，有像我这样害怕许下赴约诺言的男性，也有那种喜欢承诺赴约的男性。在酒会上，有些男性会跟许多他们喜欢的女性搭讪。某男只要对女方说："等会儿我们两个人再去某个地方喝一杯吧？"10名女性中就会有一两名答应他。

毕竟他搭讪的女性不算少，难免会有几名女性正在和男朋友闹矛盾或刚分手，因此，肯定会有愿意开始新恋情的女性。

这就像棒球比赛中的击球。一场比赛有9个击球局，打第一棒时，选手通常会全力挥棒，以求胜出。即使第一次未能成功击中，随着比赛的进行，选手也会逐渐适应赛场的气氛并提高自己的击球命中率，通过不断调整状态，最终赢得胜利。（笑）

虽然这种做法可能会让一些女性感到不舒服，但如果两个人最终能成为伴侣，这样的邂逅也不失浪漫。恋爱总有一些不可思议的地方，比如，有人会坚定地说："我这辈子就认定那个人了！"然而，这样的坚定并不能保证其拥有一段美好的爱情。无论是出于个人原因还是两个人情感的原因，很多恋情会在不知不觉中结束，这样的例子也不在少数。

对承诺未来犹豫不决的男性

接下来，让我们讨论一下刚刚提到的第二种类型的承诺，即那些关于未来的承诺，比如"我们要永远在一起"或"我们结婚吧"。

在热恋初期，女性通常喜欢听到这样的话。然而，我认为那些轻易许下此类承诺的男性往往不可信。

许多女性即使明知男性是在逢场作戏，也希望从其口中听到爱的誓言。

在日本，口头上的婚姻承诺同样具有法律效力，因此，明智的男性都会谨言慎行。

感情的变化无常使得男性在承诺方面显得犹豫不决。有时，这种犹豫并非因为女性，这是因为他们无法确定自己未来的状况，并因此感到不安。对男性而言，婚姻意味着承担未来的生活责任。因此，当女方说出"我们要永远在一起"时，他会不由自主地思考各种可能性："我所在的公司10年后还会存在吗？""我能持续获得稳定的收入来养家吗？"……

那么，女性能不能直接问男性"你会娶我吗"呢？我觉得，这也不一定。女性时常会有这样的疑问，不过，提问时，女性最好不要对那些无法立刻给出答复的男性步步紧逼。如果对方认为自己无法逃避这个问题，即使不能立刻给出答复，以后也会以女性期待的方式作出回应。他可能会说："我会慎重考虑的。"这虽然不同于正式的答复，但也算是一种认真的回应。（笑）女性不必过于追求直截了当的回答，适时观察对方的反应，点到为止即可。

女性只有在确定自己的未来与对方紧密相连时才会感到安心。然而，没有人能够预知5年后、10年后的情形。"如果您10年后依旧健康，我们可以返还给您20万日元。"这是保险经纪人常说的台词，然而，男性可不像终身保险那样可以预测。（笑）

我认为，女性在向男性索求"对未来的承诺"时，最好先给对方一些思考的时间。

"就是此刻"：承诺式恋爱法

如果男性总是不肯给女性承诺，那么按照男性习惯的行为模式，他们可能会慢慢疏远对方，甚至逃离。因此，关键时刻，女性必须果断采取行动。

在婚姻承诺问题上，女性最好先将对方的后路全部堵死，再给对方最后一击。这很像高明的猎人的捕猎方法。

这招用在男性身上，大部分的男性都会放弃抵抗，开始认真对待感情。特别是在女性已经得到男方母亲的认可之后，他极有可能举白旗投降。但要注意的是，这招对女性无效。女性反而讨厌被人从外围开始围追堵截，那样她们会觉得自己被下套，被吃定了。

男性却很吃这一套，这可能就是男女爱情观的差异吧。女性都会把爱情放在自己人生的正中间，不用说，爱情在女性心中的地位很高。为了喜欢的人，有些女性可以放弃工作和家庭，她们有能力做出取舍，因此，她们不喜欢偷偷摸摸，而喜欢光明正大地和喜欢的人碰撞出爱情的火花。但是男性对爱情的看法就不一样了。爱情对他们来说是很重要，但工作、梦想、兴趣等同样重要。他们一直是一边平衡着这些，一边与女性谈恋爱。如果要将他们长此以往形成的习惯全部打乱，将他们多年积累的经验全部消除，让他们一切从零开始，这对不容易适应新环境的男性来说，简直是要了他们的命。

男性越成熟，就会越觉得如果不积攒足够多的经验就无法在自己所处的环境中立足——这同样适用于女性。因此，当他的后路被堵死时，他才会发觉："都这样了，那就算了，不逃避了。我和她在一起的时候很舒服，也该考虑结婚了。"

在很久以前，妻子对我说："我想买只手表。"我觉得一只手表应该不会贵到哪里去，就向她承诺，我会给她买。当她将看中的手表的价格告诉我时，我吓了一跳。她还在那里笑眯眯地说："这可是玫瑰金色的手表哟！"我发现，承诺真是太可怕了！（笑）

关于信任

模糊信任的分界线

"信任"这个词经常出现在小说里，但我觉得这个词的分量还是太重了，而"信用"这个词略带商务属性，二者都是在评价一个人时十分重要的指标。

我认为，最好不要把"可信"与"不可信"的界限划分得太明确。最好不要轻易给某个人下定论。"这个人绝对可信"，"这个人完全不可信"，在判断一个人的时候，我们可以稍微保留一些模糊的灰色地带。女性经常把"我再也不相信他了"或者"信他，千千万万遍"这种话挂在嘴边。女性过于信任男性，在被对方背叛感情时就很容易受伤。有时，也许男性做的事情并没有不合理之处，但就是不符合女性的价值观，因此导致恋爱关系破裂，这种情况也是常有的。

许多人是多面的，他们对一个人真诚，与此同时，他们对另一个人又有些虚伪，因此，我们仅凭一个人某个方面的表现就去判断其好坏，或许不够准确。

公众对某个公众人物的评价便是很好的例子。不久前，某个人还被誉为"人类之光"，然而，其品行一旦出现争议，舆论便迅速转变，人们或许会将其斥为"社会败类"。由此可见，人们对于某个人或某事件的评价往往是比较极端的。人们要么把某个人捧为英雄崇拜，要么将其贬为恶人唾弃，善恶的判断似乎仅限于这两种极端。我认为，这反映出大众心理有时不够成熟。

或许"迟早会背叛"

在人际关系中，遭遇背叛不是稀罕事。女性仅凭"我喜欢你，我就信任你；我不喜欢你，我就不信任你"的逻辑，是无法领悟爱情真谛的。

人的心理会随着境遇和经历的变化而不断变化。因此，在建立人际关系时，我们应该有心理准备，面对可能发生的所有情况，我们都要学会接受，人心不断变化是常态。尽管每个在恋爱中的人都有可能遭遇背叛，但我们仍要相信，在下一段恋情中，我们或许能遇到值得信任、能够托付终身的伴侣。对朋友，我向来既不盲目信任，也不全然怀疑，而是保持客观中立，平等地对待他们。这样的心态不仅可以让我与他们和睦相处，也可以防止发生意外。

对恋人也是一样。"我相信你！"只有偶像剧里的男女主人公，才会将这句话当武器。（笑）在现实生活中，这句话很难产生实际效果。说句不中听的话，就算对方是你的恋人，最好也不要完全相信他。相对成熟的想法应该是"他应该有我看不到的一面"。

爱情有时未必能用信任来衡量。一名女性对我说"我相信你"，我不会因为她这么说而断定她是一个好女人，因此，"不管发生什么事，我都相信他"这种想法也未必是可靠的。

如果一名女性太相信恋人，太依赖恋人，那么其恋人可能会疏远她。女性可以带着一种"说不定明天他就会背叛我"的灰色想法与对方交往。这样做不仅可以让对方更珍惜这段恋爱关系，还可以让爱情保持新鲜感和紧张感。如果一名男性一心一意地与你交往，那么你就只管好好享受甜蜜的爱情。如果他背叛了你，那么你也不要因此而受伤太深，对此有心理准备的人可以很快从失恋的阴影中走出来。

过于相信别人是不自信的表现

百分之百地相信别人的人，实际上是不相信自己，因为自己没有特别值得一提的地方，所以想要依赖别人。这种人总是想利用相信别人来忽略自己不足的地方，而这样的人往往无法妥善处理朋友关系和恋爱关系。

在这个世界上，包括我在内，几乎所有人都是不能完全信任的，因为大家都在沉浮起落中度过每一天。（笑）我希望大家可以内心强大到带着"也许以后我们都会改变"这样的想法去谈恋爱。

相反，也有人不相信任何人，这也挺让人难过的。

我有一个朋友，他的母亲在他 10 岁时离家出走了，从那以后，他和任何人交往都惶惶不安，害怕自己哪天又会被抛弃。他明明不喜欢女朋友的闺蜜，却偏偏主动关心她，就是为了看女朋友的反应。每次女朋友都表示："我相信你不会做出那种事。"

女朋友不怀疑他，他就无法停止试探对方。

虽然百分之百相信对方并不明智，但像他这样总是怀疑别人也是欠妥的。

人心会变，会因为一些微不足道的事物摇摆不定，所以不要孤注一掷地相信某个人，也不要全然怀疑某个人。

盲目相信别人的人和完全不相信任何人的人，我认为都是非常乏味无趣的人。

怎样成为值得别人信任的人？

我们都渴望得到别人的信任，那么，要怎样才能成为一个值得别人信任的人呢？

我认为，每个人所能获得的信任是有限的，就像每个人所能获得的幸福也是有限的一样。也就是说，有些人能赢得许多人的基本信任，有些人虽然不被大部分人信任，却能获得少数人深度的信任。至于被谁信任、信任的程度如何才算是成功，我其实也不太清楚。但有一点是可以肯定的，那就是我们应该珍惜我们所拥有的一切。

当然，大部分人都很难做到百分之百的自信。

其实我也一样，我从来都不觉得自己很完美，也不在乎别人的评价，我只是顺其自然地活着。

但我相信自己的直觉，它会在我遇到某些事情时告诉我应当如何取舍。人需要有无论如何也不能放弃的东西，无论在外人看来其价值如何。如果一个人有无论如何也不能放弃的东西，那么这个人肯定会比没有这种东西的人更值得信任。

不接纳自己的人可能会抱有这样不切实际的幻想："我只要当个唯唯诺诺的老好人就会被别人信任。"但是他们不知道，那些老好人因太在意周围的人对他们的评价而无法说出自己真实的想法，时间久了，其格局就会慢慢变小。

一个人在取得他人信任的过程中，有可能伤害别人或被别人伤害。

人们总是会聚集到那些会说一些"逆耳忠言"的人的身边，"就算被讨厌，也要把自己的意见说出口"的人更值得信任。

被讨厌的勇气是成长的必需品。

不要片面地评价别人和自己

多交流也是一件非常重要的事。恋爱不也是这样吗？在刚开始交往的3个月里，男女双方都会通过聊一些小时候的回忆、从前的恋爱经历等往事来慢慢地彼此了解。通过这样的信息交换，可以去了解对方值不值得信任，或者看看对方有多信任自己。

这时，如果你觉得"这个人的价值观和我的价值观有差别"，就立即把自己的心门关上的话，那你也太浪费这好不容易遇到的缘分了。语言是打开心门的工具，利用这个工具好好地与恋人沟通，这一点十分重要。

我们也不可以轻易给自己下结论。一个人越是强调自己"绝对不会背叛"，没能实现诺言时就会越尴尬。（笑）我们在承诺时需要给自己留点儿余地。这就是那些优秀的人既能赢得许多人的信任，又能在恋爱和工作上顺风顺水的原因。

我认为无论是恋人还是朋友，我们最好还是在与他们交流之后，再判断他们的可信程度比较好。

我们将一个人的可信程度设定在 60% 到 70% 即可。即使是对很有好感的人，我们也应将其可信程度设定在 70% 左右，这并不表示其剩余的 30% 是完全不可信的，我们可以将其作为"说不定会发生什么"的灰色地带看待。

这也适用于我们自己的可信程度的设定。我

们自己的可信程度应根据情况调整，平时可设定为70%，有时可升至80%，有时也可降至60%，需要灵活调整。若某事使你对某个人失去了信任，但在那之后，你若仍能给那个人考察其可信程度的机会，那么你一定能成为一个心胸宽广的人。

为自己而改变

男性其实什么都懂

大部分女性认为："世上的男性都很迟钝，我有改变，他们都看不出来。"她们因此而感到不满。其实她们不知道，男性早就注意到了那些改变。就连我这么迟钝的人也能注意到。无论是女性的发型和衣着的改变，还是女性谈恋爱后精神状态的改变，这些他们都能发现。

我认为"下决心去改变"或者"已经改变成功"这两种状态都非常棒。一直不怎么打扮的女性喜欢上一个人，就开始打扮自己，变得漂亮起来，我相信那名男性也会因此而感到高兴。

不过，我个人认为，与其大肆宣扬自己在努力改变，不如不露痕迹地改变自己。有的女性常对男性说："我喜欢你，愿意为你做任何事情！"她们为了迎合对方的喜好而改变自己，但男性一般都很讨厌对方这样做。

而且，她们的这种做法既沉重又乏味，还会贬低自己。如果一名女性失去了自我，就算变美了，也很容易被别人欺骗感情。我觉得大可不必这样。

你可以沉醉在爱情里，但我觉得更好的做法是一边享受爱情，一边做好自己的工作，同时拥有较大的格局和较高的眼界。

对自己的伴侣，一些女性认为："他就是我的全世界。"另一些女性认为："跟他谈恋爱的话，在我倒下的时候，他能撑起半边天。"我更支持后者的想法，我觉得男性和她们谈恋爱会享受到真正的乐趣。

另外，女性也不要表现出自己被爱情冲昏头脑的样子。我认为这非常重要。换位思考一下，如果你身边有一名男性，他知道你喜欢木村拓哉那种类型的男性之后，一心一意只想变成木村拓哉，那是不是让人觉得十分无趣？

除此之外，女性也不要直白地去问男性："我今天是不是有些不一样？"因为这样会让人为难。也许，这时的男性正在为女朋友的一点儿小改变而兴奋，突然被要求正面回答"是有些不一样"，确实有些难受。（笑）被这样问了一番后，就算他真的注意到了你的改变，可能也不想说出来。

在职场中，有些人为了出人头地，整天在上司面前积极表现。其实他们这是在白忙活，别人看着他们表演都觉得累。

"我改变了"这个成果自己知道即可，用不着让别人来评判。实际上，那些渴望别人认可自己的改变的人，往往表现出一种自私且不懂人情世故的态度。他们只关心自己，对其他人漠不关心。整天谈论"我"的人，往往难以察觉到别人的改变。

当你决定作出改变时，也不要忘记考虑周围的人的感受。男性通常喜欢与女性保持一定的距离，无论自己与对方的关系多么亲密，因此，我希望女性不要过于依赖男性，保持一定距离的恋爱会更有趣。女性要避免说出"我为你改变了某事"这样的话，不要把你所有的想法都告诉对方。表现得轻松自在，会让你的改变更加引人注目。

为自己而活的女性往往对男性更有吸引力

很多女性经常会想当然地进行一些改变，例如，她们觉得"男性都喜欢苗条的女孩儿，因此我要减肥"，或者"他应该喜欢某种类型的女孩儿，我也要变成那样"。我认为这完全是误解。男性的喜好并非一致，而且会随时间的流逝而改变。

如果你想为了他悄悄作出一些改变，那么你需要先进行调查。但我希望你不是为了他而去改变，而是为了自己去改变，因为真正享受地去做某件事的女性，往往会让男性怦然心动。

最近，越来越多的人开始关注自我提升，有人练习瑜伽，有人去美容院做美容。我对这种现象的评价标准是，看这个人是否真正享受自己所做的事情。如果一名女性认为，学习插花让她每天都充满活力，那么这无疑是一种很好的兴趣爱好。但如果她学习插花只是因为她觉得这是主妇必备的技能，勉强为之，那么她就会让自己看起来很累。如果你喜欢某件事，就去尝试吧。如果它让你感到快乐，那么你就继续努力地去做。如果它让你感到负担，那么你就不要勉强自己。道理就是这么简单。

还有一点比较重要。说到改变，大家都会倾向于力求"突然一变"，但其实小小的改变也能给人惊喜。比如，你的恋人喜欢蓝色，他今天穿蓝色衣服，你可以把自己常戴的银色耳环换成蓝色耳环，明天把米色腰带换成蓝色腰带。这就是能给人惊喜的"一点点小小的改变"。

这个方法的要点之一就是你不能穿蓝色衣服。要知道，改变最有意思的地方就是让人没办法立刻察觉，男性很难抵抗这种小技巧。这是一个非常实用的恋爱小技巧。

补充不足的改变与选择不变的改变

女性要俘获男性的心，改变自己的方式多种多样。什么样的改变最能俘获男性的心呢？有一种十分有效的方法，那就是补充自己所缺乏的特质。平时专注于工作、与女性魅力似乎无缘的女性，如果某天精心打扮一番，会让男性眼前一亮。天生丽质的女性突然展现出孩子般纯真无邪的一面，这样的转变无疑也会让男性怦然心动。（笑）有些男性可能对伴侣的改变不太敏感，提及改变自己，他们可能也只想到锻炼身体。针对这一点，女性可以建议他们阅读书籍、观看电影，培养自己的感受力。

然而，女性在寻求改变时，一定不要失去自我，保持现有的优点，并逐步改进自己的不足之处。这就像精心打磨自己的灵魂一样。

真正的改变应当在自己、伴侣以及周围人都认为必要时进行，这样才能在变化中保持自我。我认为，女性不应该因过分追求戏剧性的改变而失去自我。

另一种策略是保持原样，保持自己的独特个性也会散发出一种魅力。这种始终如一、充满韧性的女性同样令男性着迷。

"选择不改变"与"我不想改变"有本质上的差别，"选择不改变"并不意味着毫无行动，而是在一个不断变化的环境中，选择了保持原来的状态。换句话说，当周围的人都在追逐潮流时，有人却选择保持自己的特色，这种行为在某种程度上也可以视为一种改变。

然而，选择不追随潮流也需要品位，因此，我建议"选择不改变"的女性，即使不追求时尚，也应该适当了解一些相关知识。

男性注意到女性的改变了吗？

男性是否注意到了女性的改变，这是一个值得探讨的问题。我想强调的是，尽管你可以通过精心打扮和改变性格来吸引对方，但如果对方对你一点儿感觉也没有，那么你成功俘获对方的心的可能性也很小，不过，只要有一线希望，就不应该轻易放弃。你可以向他展示你对他的理解以及你对他的改变的观察和认可。这样做的目的是要让对方感受到你对他的改变的关注和认可。有时男性可能会有些不满："我已经这么努力了……"因此，满足他被认可的需求，便显得尤为重要。

其实，男性更希望看到的是女性的"成长"，而不只是"改变"。他们希望女性因自己逐渐成熟的思想而改变自己，而不只是换一下化妆的风格，换上性感的衣服等肤浅的改变。因思想成熟而改变的女性，无论在工作上还是在生活上都会充满干劲儿，更加灵动，眼界也会更加开阔。伴侣看见这样的你，他也会想："我也要和她一起加油，做出一番事业来！"这种相互激励、积极向上的情感关系，才能长久维系。

最重要的是，你要为了自己而改变。大多数男性都会欣赏因思想成熟而改变自己的独立女性。请不要"为了他"而改变，你要成为你自己喜欢的样子。就算你不告诉伴侣自己的改变，他也会默默地观察你并将你的改变记在心里。

为何无法割舍？

如此积存，意欲何为？

很多人都无法割舍旧的物品和回忆，这究竟是为什么呢？我觉得这非常不可思议，明明丢掉不必要的东西，轻装上阵，心情会异常地好。

就我个人而言，我不喜欢保留很多旧物品。我对物品没有什么执念。虽然我也收集书籍和唱片，但这绝不意味着没有它们不行。我那座于2006年建成的房子也是如此，我觉得不喜欢它了，就立刻放弃它了。

我更偏爱当下已经拥有的东西，所以不想拼命保留旧物品，去开一个"旧物展览馆"。我收集的东西有可能被我丢弃。当发生"意外情况"的时候，我总是让自己保持一个轻松的状态。

在我搬入现在的住所时，我也扔了很多东西。两年内未穿的衣物就被我视为无用之物，因此，我处理了满满 3 大袋子旧衣服，整理出 20 余箱旧书送往二手书店。剩下的物品大概是我的"珍藏"吧。那些东西中有我在学生时代读过的书，有我收藏的古典乐唱片和爵士乐唱片。那些按年代顺序排列收集起来的唱片，我实在难以割舍。

如此一来，尽管舍弃的物品可能相当有价值，但我并不觉得可惜。如果真的有需要，我可以再去买。

念旧的人总想着"这件衣服也许什么时候会穿""这件东西也许什么时候就用上了"。其实他们并不是"无法割舍"，而是想要"全部留下"。但是，这种过度节俭的习惯才是最该被丢掉的。如果所有旧物品都被保留下来，那么新的东西永远都无法进入我们的生活。如果不断购买新衣服，又不丢弃旧衣服，那么我们的衣柜会变得拥挤不堪。

你能够拥有的空间和时间都是有限的

不仅是物品，信息和知识也同样如此。很多人往往过分恋旧，保存的物品并非都对自己有用，因此，在某个固定的时间划清"丢弃"的界限，是十分重要的。我们能拥有的物品数量有限，生存的时间亦是如此，因此，除了那些真正珍贵的物品外，其余的则应当考虑舍弃。

我们处于一个物质生活丰富、信息爆炸的时代，与其那么在乎过去的物品，不如多关注一下当下的流行趋势，因为我们生活在当下。

而且，舍弃本身也能带来极大的快感。年轻时，我和与我性格不合的女朋友分手并搬出了我和她的共居之所。尽管我那时丢弃了大量物品，但我的心情异常轻松，我仿佛重获新生，我觉得自己可以重新出发了。（笑）

因此，我们应重新评估"舍弃"旧物品和旧生活方式对我们人生的价值。

旧物品是展示我们内心的"陈列品"

有趣的是，世上无人拥有与他人完全一致的藏书或衣物。由此可见，那些保留下来的旧物品都是经过"取舍"后保留下来的。换言之，通过观察一个人所保留的物品，我们可以洞悉其性格和价值观。

以前，我喜欢探访女性的房间，观察她们的书架和衣柜。努力收集名牌服饰的女性与拥有多种颜色基础款羊绒衫的女性，其思维方式显然是不同的。

这并非指某种思维方式更佳，但从她们保留的物品便可窥见其性格，这一点着实有趣。

无论是衣物还是音乐，就我个人而言，我更偏爱保留那些具有时尚感、鲜明特色且略带透明感的物品。这些保留下来的物品，在某种程度上或许可以被视为一种"陈列品"。它们既是我们自我认同的标志，也向他人展示了我们"就是这样的人"。

然而，无论一个人多么钟爱某类书籍，若其书架上只陈列着同一类型的书籍，恐怕也会显得单调乏味。我们也可以尝试在书架上摆放一些并不十分喜欢的书和物品，以此自省。

我认为，一个人的藏书往往是历经多次"冒险"之后才得以留存的珍藏品。如果你的书架上摆放着一本得到内行认可的深奥的理论作品，那么即使你没有阅读它，别人看到它之后，也会感到意外："啊，这个人还有这样的一面！"从而对你产生新的兴趣。（笑）

我这样说，可能会有人反驳我："书买了不看，那不是浪费吗？"但是，我希望你能明白：不是所有花钱买来的东西都必须用上。我们要培养自己广泛的兴趣，增加自己的知识储备，再每年做一次总体回顾，舍弃那些与自己无缘的东西。最终，这些没有被舍弃的东西都会成为我们"历经各种冒险"的证据。有人觉得，买了没读的书、买了没穿的衣服，都被浪费了。我认为，没必要这样想，这会使我们陷入一种自我厌恶的情绪之中。以后有机会的话，我们一定会和它们再次相逢。

与某人的关系、回忆等无形之物，留着也好

那么，在人际关系中，我们又该如何"取舍"呢？我们认识的人，只要不是人品太差，我觉得我们就可以将他们当作朋友。我们也没必要因为与这些人保持关系而辛苦、忙碌。我们与他们保持适当的距离，维持长久的关系，这样不是也很好吗？

而且，最终留在我们社交圈之中的，也是那些与我们保持了适当距离的人。我的社交圈里只留下了有事才出现的朋友，平时不经常联系。我也想成为别人社交圈中的这种人。

此外，我认为，无形的回忆还是尽量保留下来比较好。许多人都是那种即使想忘记某件事也忘不了的人，那些令其讨厌的事，明明想忘掉，却总是在心头萦绕。

年轻时，我们常常希望"早点儿丢掉那些痛苦的回忆"，但几十年过去后，那些吃过的苦头，再回忆起来或许是值得回味的趣事。我们不必拥有很多有形的物品，那些无形的东西，特别是那些用钱买不到的无形的东西，更值得我们好好珍藏，不是吗？

有人说："人生是借来的。"我们就像沙漏，随着时间的流逝，我们要把借来的东西悉数归还。正因如此，我们要珍惜自己拥有的时光，好好努力，而那些"归零"的体验更是弥足珍贵。

真正重要的东西，究竟是什么？

从某种意义上讲，思考"如何取舍"可能是对人生的一种反思。我建议大家每年进行一次"取舍"的总结，对可见和不可见的物品进行一次整理。这样不仅能帮助我们通过"取舍"的过程来认识自己是在成长还是在停滞不前，也能使我们明白自己对什么感兴趣，明白自己与社会有怎样的关系。

或许，这也是一个与过去拖泥带水的恋情告别的好时机。由于天生的执念，许多女性往往将回忆与旧物品联系在一起，沉湎于"某段快乐的青春岁月"，而无法活在当下的灿烂之中，这实在是一件憾事。我认为，在女性的生活中，适当地做出"取舍"是一件好事。做出"取舍"之后，我们可能会发现意想不到的快乐。

进行一次彻底的"清理"，我们会发现，大约25%到30%的物品都需要被替换掉，此时我们用决绝的态度将旧物品处理掉即可。如果有的东西实在难以割舍，那么它可能就是值得我们用一生去珍惜的宝贝。对我而言，家人是最重要的。虽然工作也很重要，但等到真的失业了再想办法另谋生路也不迟。（笑）

有人认为，我们可以丢掉一切，重新开始截然不同的人生。我并不认为那是一件好事，因为我活得很自在，我很喜欢现在的自己。如果我不得不放弃现在的生活，那我也只能接受现实。但就目前来看，我还将这样继续生活下去。

你会怎么做呢？你最看重的是什么？为了提升生活品质，你会如何对旧物品和回忆进行"取舍"呢？

请好好思考一下吧！

"自然"等于"原生态"？

"真素颜"与"伪素颜"不同

最近，"纯天然"的概念相当流行，似乎只有"保持本真，过自然的生活"才是理想的生活方式。这种趋势反映了人们对放松和减压的渴望，人们希望找到一种能从日常压力中解脱出来的生活方式。

然而，所谓的"素颜"并不完全等同于"纯天然"，我认为有必要对此进行澄清。"素颜"的形象并不是单一不变的，实际上，每个人在不同的场合和状态下都可能展现出不同的"素颜"。例如，一个人在职场中展现的形象可能与在家中面对家人时展现的形象截然不同。

对那些很有魅力的女性来说，她们往往会精心打造多种"素颜"形象。她们并不完全展露真实的自我，而是致力于提升自己在无妆状态下的美感。

以吉永小百合①为例，她是一位杰出的女演员，一直在努力塑造和提升自己真实的形象。她仪态端庄，生活俭朴，这些正是她不懈努力打造"真实的吉永小百合"形象的证明。

通过例子，我们了解到，广义的"素颜"并非不施粉黛，而是一种经过精心打造的自然形象美。这种美既体现了个人的真实特质，也展现了素颜者本人对自我形象的不懈追求。

因此，所谓的"伪素颜"形象是通过个人不断努力而塑造出来的。事实上，那些标榜"天然"的艺人，也不会完全依赖"纯天然"的面容跟其他艺人决一胜负。他们借助"展现自然之美"的方式打造"伪素颜"，并根据场合以及与他人的亲近程度来调整自己的美的展现方式。

这样的说法可能会引起一些人的质疑："用不同的态度对待不同的人，这样做好吗？"这种担忧是没必要的，我认为，人际交往最重要的是保持适当的距离。要谨慎对待需要保持距离的人，而在与亲近的人相处时，保持亲切的同时，也要有自己

---

① 日本女演员、歌手。

的底线。因此，我们可以通过自己的"本真"，以及一定的人际关系素养，展现出对方所希望见到的"素颜"。

从另一方面来看，我们确实存在一部分不宜展示给别人看的"素颜"形象——带着负面情绪的样子。尽管坦诚地表达自己是好事，但当我们有忌妒、憎恨、愤怒等不良情绪时，还是应当自我克制。

适度示弱并非坏事，但如果每次见面都沉浸在"悲伤、痛苦"的情绪中，就会使别人感到痛苦。大家都很忙碌，与沉浸在负面情绪中的人交往，会被许多人视为浪费时间。

真实隐藏在巨大的谎言背后

那么，男性怎么看那些有不同面貌的女性呢？大多数男性对她们都是持肯定态度的。如果女性每天都一成不变的话，男性可能就觉得没意思了。（笑）女性有各种各样的表情，让男性对其产生好奇："真实的她究竟是什么样的？"让对方产生许多幻想，这是恋爱的关键。因为一个人越是长时间地想你，越容易对你产生好感。如果让对方看到你真实的一面，那么他就会想："啊，她也不过如此嘛！"你们的关系或许也就到此为止了。

所谓的"素颜美女"也是同样的道理。如果女性能在"素颜"的状态下魅力十足，那确实很棒。但是，不是"素颜美女"的女性或者对自己的"素颜"没有自信的女性，好好地化个妆也没什么不好。化妆品就是美丽的小助手。如果化妆可以给女性带来自信，那么光明正大地化妆也无妨。

和那些不修边幅的女性相比，大多数男性更喜欢努力让自己变漂亮的女性，至少我喜欢这样的女性。她们之中的大多数，不只是化妆，在其他方面也会努力让自己变得更优秀。因此，"即使看到我最真实的一面，他也会喜欢我吧"，这样的想法在某种程度上是不切实际的。虽然平时总是打扮得很漂亮的女性，在刚起床时，头发也会凌乱，但是她们会很快整理好。很少有男性会觉得不化妆、头发乱糟糟的女性也很美。

有些女性误以为"真实等于不加修饰"，那么，我们就来谈谈不同国家的人对"真实"的理解吧。我们就以美国人与日本人对"真实"的看法为例。

美国人和日本人一起拍摄一部电影，电影主题是"外星男性与地球女性的恋爱故事"。故事设定如下：一名外星男性落在一名地球女性家的后院里，二人相遇。这时，美国人会在"迪士尼乐园"故事的世界观的背景下进行"真实"的创作。而日本人则会思考："外星男性不会恰巧落在地球女性家的后院里吧？这不真实。"美国人听了日本人的想法后反驳："大家都知道这是在拍电影啊！""你们日本人在意的是故事的发生是否自然，然而故事的真实性是在电影的虚构框架下被创造出来的啊！"

对"本真"的理解也是如此。也就是说，大家公认的"本真"并非仅是"原生态"，而是存在于巨大的"虚假"之中。有些人觉得：自己不打扮也很好看，不用努力打扮自己，聊天儿时也可以无所顾忌地表达……其实事实并非如此。为观众拍摄电影也好，和喜欢的人谈恋爱也好，无论在哪种情况下，我们都要思考应该如何得体地呈现自己。能做到这一点的女性，不就是所谓的"素颜美女"吗？

我也有可以示人的一面和不能示人的一面。如果我妻子听到我这么说，可能会说："你在说什么呀？"（笑）其实，我对她"有所保留"。我不会向她过多表达负面情绪，我会通过观察她的表情来分辨什么事能跟她说，什么事不能跟她说。

每个人都必须漂亮、纯洁且干净吗？

我认为，有些关于"自然"的观点，是那些过分追求"自然趣味"的女性，将"你也应该这么做"的想法强加给别人的。当我们想好好享受美食时，她们却说："吃肉不好！我认为人应该只吃菜！"这肯定会让我们感到不快。（笑）其实大部分男性对"过于真实"的女性并不怎么感兴趣。

而且，我觉得越是热衷于成为那样的人，就越容易跟自己过不去。或许她们想变成"更为纯粹的人"，认为"人应该漂亮、纯洁且干净"，其实这是相当"危险"的。

过于追求"自然"，可能会失去原本的自我。如果人像白色画布一样漂亮、纯洁且干净，那么可能会被别人随意涂抹，这才是最可怕的。

在如今的时代里，有这种想法是非常危险的。人不能那么单纯，要多少带点儿"色彩"。我们可以以"自己是否真的心情愉快"为标准，调节"自然"的程度。

我想，所谓的"自然而活"意味着我们应该从

"必须这样活""必须像别人那样活"的理念中逃离出来，毫无痛苦地生活。那么，我们该怎么做呢？我认为，我们不应该苛求自己，不应该责备自己，不要说"我不行"，不要对自己进行负面评价。如果我们觉得痛苦，那么就勇敢承认自己的感受，让自己稍微休息一下。

也许会有人想：这种随心所欲的生活方式不是很任性吗？事实并非如此。因为大多数日本人都活得小心翼翼，所以一小部分人活得随性一些，社会也不会陷入混乱。

以我为例，我最近有些忙碌，总是想放松。（笑）我知道，即使是参加电视节目的录制，工作强度也不算太大，不会很疲劳，因此，我就带着像在屋子里写稿子般的轻松随性的心情出镜了。

不过，我希望你明白，"自然又随性地生活"与"不努力懒惰地生活"是有本质区别的。"做真实的自己，轻松地生活"确实很惬意，但是，如果我们不对"真实的自己"做一些"加工"，或许也无法得到大家的认可。提升"真实的自己"，或许才是真正的生存之道。

恋爱与工作都无须拼命

恋爱与工作两手抓也不是难事

"要恋爱还是要工作？"许多女性常把这个问题挂在嘴边，她们可能觉得恋爱和工作很难平衡。她们认为，必须加倍努力，甚至要成为女强人，才能兼顾两者。然而，这种观点并不正确。实际上，工作、恋爱像健康、饮食一样，都是生活的一部分。即使是普通女性，也能处理好两者的关系。

那么，女性为什么会将恋爱和工作分开考虑呢？这是因为女性往往将两者中的细节进行二元对立的比较和思考，比如个人年龄与恋爱的关系、伴侣外表与内在的平衡、工作待遇与个人价值的匹配等，她们总是从多个方面仔细权衡，"要么A，要么B"，她们往往觉得必须在两者之间作出选择。

首先，我们为何不放弃这种二元对立的思维方式呢？我认为，将工作和恋爱严格地区分开来本身就是不合理的。追求工作上的成功和享受爱情的甜蜜并不是相互排斥的。这完全取决于个人的选择和意愿，每个人都有能力使两者和谐共存。我不希望"放弃爱情，选择工作"这样的悲剧在当代女性身上发生。

或许，大多数女性都没弄明白什么是"事业型女性"。我想她们可能是受到了影视剧的影响，认为"事业型女性"对自己和他人都十分严格，无心恋爱，整日兢兢业业埋头工作。可现实中很少有这种人。（笑）

我身边有很多温柔大方且工作出色的女性，她们没有大肆宣扬"我要……我能……"。她们做事果决，赢得了周围的人的信任。

她们不会因为工作而改变自己的生活状态，也不会将恋爱和工作对立起来，她们会保持自己一贯的风格来处理工作上遇到的问题。

总之，在谈论工作时，人们通常会以能力和素养为标准来评价一个人，但实际上，大部分人都是在靠"人格魅力"工作。在公开场合发表意见时也是如此，比起严谨且严肃的完美演讲，大家似乎更喜欢如沐春风、亲切真挚的演讲。

当然，对普通人来说，努力工作并取得一定的成绩是很重要的。然而，为了达到目的而刻意掩饰自己的真实情况，或夸大自己的能力，是没有必要的，根据自己的实际能力和情况来认真工作就足够了。在我看来，只有在这种情境下获得别人认可的人，才是真正的"工作达人"，同时，这样的人也不会勉强自己，别人与他相处，也会觉得很舒服。

从每天取悦自己开始

也有一些人感受不到工作的价值，工作本身也就变成惩罚他们的游戏。他们觉得"我的工作毫不起眼，没有什么了不起"，这就很可惜。如果一个人总是想着"好无聊""真没劲儿"，那么就会失去对生活的热情，情绪也会变得消极。我们应该带着"提升自己"的想法，转换一下心情。即使是单调的事务性工作，我们在将之高效完成后，也可以考虑"利用余下的时间做点儿别的事"或者"在某个地方多花一点儿工夫"。这样想，也能让消极的人开心一些。

我们可以在早上去上班之前，听一听自己喜欢的音乐，让自己充满活力，相信这一天也会和平时不一样。每天保持心情愉快，会让女性魅力十足。大家也都愿意与这样的女性亲近，其恋爱也会更加顺利。当然，这并不容易做到，但只要保持乐观向上的心态，就能为包括恋爱在内的许多事情带来转机。

工作会妨碍恋爱？

有人认为，"女强人不受欢迎"，事实并非如此。我断言，大多数男性并不讨厌"女强人"。在工作中闪闪发光的女性对他们的吸引力更强。据我观察，无论从事什么工作，优秀的女性都很努力，而且并不"贪心"。

不过，考虑一下如何让男性了解她们的工作状态还是有必要的。女性自大地说"我可真厉害"，或者抱怨地说"工作真无聊"，都容易给男性留下不好的印象，经常说这些话是会被别人轻视的。许多男性会认为，这样的女性"格局太小"。

我们可以通过两种方法来避免这种情况发生。第一种方法非常简单，女性只要和男性聊那些令她们从心底感到高兴的事情就行。就像聊"天气真好，好幸福"这种纯粹的感受一样，女性可以对男性说:"这样的事情真是太有趣了!"在恋爱中,听到女性说"工作很愉快",男性也会觉得这是好事,但如果对方只是不屑地哼了一声,那么女性就要好好考虑一下要不要和他继续交往了。(笑)

另一种方法是投其所好。在男性眼中,女性工作能力强,与跑得快、唱歌好听一样,都算是特长。如果女性刚好有男性喜欢的特长,那么这种特长就会成为他眼中的闪光点。

相反,如果女性不知道对方的喜好的话,那么了解一下对方,然后再选择展示的时机和方式即可。

虽然热爱工作的女性除了工作能力强之外,还有其他闪光点,但她们自己总是意识不到,因此,她们就会觉得自己只能拿"工作能力强"来吸引对方。

事实真的是这样的吗?你真正的闪光点究竟是什么呢?请你仔细审视一下自己吧。也许那闪光点才是你真正有魅力、有个性的地方。

或许你也能自信地说:"除了工作,我还有这样的优点呢!"

正因为工作忙，兼顾恋爱才更有意义

有人说自己"工作忙，没时间谈恋爱，没法同时兼顾恋爱和工作"。我对此持怀疑态度，我觉得恋爱和工作不是对立的，我们只需沉浸其中，享受就好。恋爱和工作都能给生活带来激情，使人干劲儿十足。"因为享受工作，所以努力恋爱。"二者是可以相辅相成的。

而且，人往往越是忙碌，越是热情高涨，即使少睡一会儿，也要带着"我想见你，一小会儿就好"的心情，努力和对方见上一面。这样一来，皮肤都会变得更光滑。（笑）与没办法和恋人见面，一个人焦躁不安比起来，和恋人见面要好得多。

说句题外话，我对这种"焦躁不安"十分关注。虽然在结婚之后，我在恋爱和工作方面的焦躁感已经消失，但日程安排得很满的时候，我也会感到焦虑，不知道怎么办才好。

不过，最终我会用"都会好的"这句话来平复心情。迄今为止，我把一切都做得很好。焦虑很难帮助我们解决问题或是让事情朝好的方向发展，反而会使我们解决问题的效率降低。根据我的经验，过于焦虑往往不是好事。有趣的是，"咬紧牙关，

拼命努力工作"与"不强求，集中精力轻松工作"的结果竟然相差无几。为什么会这样呢？我认为许多女性平时在工作和生活中过于努力了。虽然努力本身是一件好事，我也认为它很棒，但是有时即使你在恋爱中付出了巨大的努力也徒劳无功。因此，人们可能会得出"现在不是谈恋爱的时候"这样的结论。

无论做什么都没有必要那么拼命，偶尔撒娇或哭泣也没有什么不妥。一直强迫自己坚强，会让你感到疲惫和虚弱，保持放松和专注反而能让你变得更加强大。

能兼顾工作和恋爱的女性的共同特征

能兼顾工作和恋爱的女性通常都有一些共同特征。首先，她们具备良好的沟通能力，能够认真听取别人的意见，并坦诚地表达自己的想法。其次，她们在处理自己与他人之间的关系时往往表现出高超的技巧，她们既知道在何时可以与对方亲密无间，也知道在何时需要与对方保持适当的距离以示尊重。她们既清楚应该在什么时候通过撒娇来增进彼此的感情，也清楚应该在什么时候退让一步，展现出必要的忍让和理解。

女性要以一种"快乐、幸福地生活"的心态来看待一切，因为这种"我很幸福，没问题"的气场是极富魅力的。

我希望大家都能从"我的幸福"出发，去观察人生。如果在一张纸上不停划线分区，每个区域的面积都会变得越来越小，因此，我们没有必要刻意让自己的世界越来越封闭。

总之，只信奉"爱情至上"或"工作万岁"的人，会越活越封闭。请不要再给自己设限了！请思考一下："为了幸福，我该做什么？"我想，这样思考过后，你会发现你的生活一切顺利。

忌妒是一种病

在感情方面，许多日本男性很少"忌妒"别人

老实说，在感情方面，我很少"忌妒"别人。（笑）我好像几乎从未被忌妒左右过。

如果有一天，我的妻子突然对我说："我交了新的男朋友。"我会想："啊，那可真是麻烦了！"但老实说，我也不知道那算不算忌妒。（笑）我会考虑一些现实问题："事情既然已经发生了，我也束手无策，那么就让我来抚养孩子吧……"

在日本，遇到这种事之后这么想的男性，或许不止我一个，明显表现出忌妒的人只是少数。不过，有些心存忌妒的人也会用极端的方式将他们的忌妒表现出来。这世上也有一些男性，即使自己70岁的妻子只是出门办事，他们也会怀疑："她不会是出去见别的男性了吧？"（笑）那样想的人已经不只是神经质了，简直是有些病态。如果你发现自己现

在交往的对象是这种类型的男性，还是尽快分手比较好，因为这种心病是很难治好的。

想说"忌妒"不容易

听过很多别人的故事之后，我发现，女性往往比男性更容易陷入忌妒的泥淖。女性与伴侣相处的时间越长，关系越好，遇到问题时，忌妒的情绪就会越强烈。女性即使努力控制自己的忌妒，也是徒劳。大部分男性也深知这一点——女性更容易忌妒。然而，如果女性以不恰当的方式表达忌妒的情绪，可能会招致不必要的麻烦。

因为我自己很少忌妒别人，所以让我举例说明哪种表达方式较好，有些使我为难。不过，以下可能是一种较好的表达方式。

晚上，一对情侣一起出去吃饭。迎面走来一名漂亮的女性，男方多看了她几眼。"你在看什么呢？一直往那儿看可不行哟。哼！"（笑）他的女朋友这样表达忌妒的情绪不是很可爱吗？

由于工作的关系，我经常遇到漂亮且极具魅力的女明星。以前，当我在妻子面前夸赞她们时，妻子会抱怨："你总是夸外面的女人，却从来不夸

我！"于是，我也顺势夸夸她，但类似的对话总是以"现在夸已经太晚了"而结束。女性的心思可真是难以捉摸啊！（笑）

男性最厌恶的"忌妒"

那么，男性最厌恶哪一种爱忌妒的女性呢？他们肯定最讨厌"控制狂"吧。最近，我经常听说有些女性通过发信息来监视伴侣的生活，她们一天要发许多条信息给对方。她们问对方："你在干什么？"以此来监视对方的一举一动。以前，我在电视节目中看到过这样的事，有一名女性试图打开男朋友的手机的锁屏密码，一整晚，她几乎从"0000"试到了"9999"。能做到这一步，她也确实厉害！这样的女性让人浑身发麻，男性与她相处，就像在演谍战剧一样。（笑）

也有些女性的忌妒因男方的工作和兴趣而起，老实说，大部分男性都不喜欢这种忌妒。她们觉得："工作马马虎虎就可以了，你应该多花一些时间在我身上，多关心我，陪陪我。"对男性来说，和这样的女性交往是相当困难的事。我就没法和这样的女性交往。（笑）面对这样的女性，我觉得自己也许会控制不住情绪，随时发脾气。我没法和这样的人相处，因为她们不认可对方的某些行为，就极端地剥夺对方的自由，这是令人无法忍受的。

每个人都有不想被别人看到的一面，不管两个人的关系多么亲密，都要保留隐私，忌妒心强的人往往妄图剥夺恋人的许多基本权利。

因此，这种女性一旦抓到伴侣出轨的证据，情绪一下子就爆发了，她也许还会因此而得意。（笑）但是，这反而会把男性吓跑。如果她像警察一样，一件件地摆出"犯罪证据"，对方会怎么想呢？对方大概会想："我们完了。"如果这时女性喋喋不休，男性一定会"逃走"的。

如果女性遇到了这样的事，不妨冷静一下，有理有据地问清楚，这才是比较聪明的做法，因为这样他就"无路可逃"了。你让对方知道"我发现你出轨了"的同时，也给他留一点儿余地，然后再追究，这样做的效果会比直接发脾气好得多。（笑）

不过，女性想做到有逻辑地盘问，就要先让激动的自己冷静下来，自己的心情也需要时间来平复。如果女性没办法让自己冷静下来，可以写信给对方，或者暂时避而不见，疏远对方。

"忌妒让女性美丽"是一种幻想

我觉得，忌妒很难对解决婚恋中的问题产生积极的影响。如果它有积极的影响，那便是女性为了超越忌妒对象而不断提升自我。

我认为，忌妒就是一种想把别人从高处拉下来的心理。爱忌妒的人自己地位较低，就想将位于高处的人拽下来，自己上去。"忌妒让女性美丽"这种说法是一种幻想。通过争抢一名男性，让两名女性越来越美丽，这种事简直让人无法想象。

如果你的恋人觉得另一名女性很有魅力，而你能冷静地观察他，那最好不过了。但是，忌妒心强的女性，大多数情况下会怨恨那名女性，同时责怪自己的伴侣……这又怎么会使两名女性变得更美丽呢？两名女性都怒目圆瞪还差不多。不考虑男性的因素，这样的事情最终会演变成两名女性的自尊心和名誉之战。

总之，忌妒这种情绪看似是伤害别人的利器，实际上，它只会伤害我们自己。那是极强的占有欲和自私心理的另一种表现。

像跟踪狂一样的人就是典型的自私的人。对方说自己不喜欢他们，但是他们却偏执地认为"对方应该是喜欢自己的"。也有些人因混乱的三角关系而伤害了自己喜欢的人，这么做时，她们大概是在想："既然他不属于我，那我就让他从这个世界上消失吧！"这样的人完全不考虑别人的感受，她们能用利器深深刺中对方，但轮到她们自己，哪怕利器只伤到自己一点点，她们也会说："不行，下不去手。"这样的人真是任性至极啊！（笑）

情感的癌症，必须早发现，早治疗

当你发现自己被忌妒困扰时，可以尝试用以下这两种方法来应对。

第一种方法是将自己置于旁观者的位置，审视自己在恋爱中的行为，如果可能的话，尝试从伴侣的角度出发，这样可以帮助你更加客观地认识忌妒可能导致的非理性行为，并评估周围人对此的接受程度。

第二种方法是把自己的心情和想法写下来，分析一下。你喜欢他的哪一方面？理由是什么？你在忌妒什么？理由是什么？这样一来，你便能看清你们的关系和你此时的心情了。你的忌妒也许并不是来源于你对他的爱，而有可能是来源于你过度的"自尊心"，或者来源于你在恋爱的竞争中产生的偏执情绪。如果你发现自己陷入了恋爱竞争的游戏中，最好立即退出，因为你即使得到了最后的胜利，这种爱情也不过是镀金的铁奖杯，徒有其表。

总之，遇到这种事，保持客观和冷静是非常重要的。虽然忌妒可能无法遏制，但是站在客观的角度考虑，你会得到全然不同的结果。

忌妒看似是因爱而生，但实际上并非完全由恋爱引起。要我说，忌妒是在恋爱的习惯性过程中偶然产生的，它像一种恶性肿瘤，是像癌症一样的东西。

一旦情感的平衡被打破，忌妒就会让人失控。如果任由忌妒肆意泛滥，那么恋爱中的人也会受到致命的伤害。因此，我认为我们需要将忌妒扼杀于萌芽期，就像治疗情感的癌症一样，早发现，早治疗。消除忌妒和治疗癌症似乎有着相似之处。（笑）

恋爱和存钱都需要学习

不要小看金钱观

在男女交往中，经济因素扮演着重要角色，金钱观不同的人往往难以共同生活。

女性择偶时经常说"男性必须要有经济基础"。富有的人有时表现得特别吝啬，他们更倾向于庸俗地展示自己的财富，比如，他们会强调："我的奔驰车……"

在欧洲，富有的人可能会用更为巧妙的方式来展示他们的财富。他们可能花费巨资购买绘画大师的名画，然而实际上，他们更多是在炫耀自己的财力而非对艺术作品的鉴赏力。

当然，财富能够达到这种级别的人并不多。（笑）不过，一个人如何使用金钱确实能反映出其性格特征。

慷慨的男性可能会受到女性的欢迎，但如果他在不恰当的时候过度挥霍，即使是接受其款待的女性，也可能会因此感到不安。她们可能会想："他这样花钱是否合理？这些钱究竟是从哪儿来的呢？"

同样，男性也是如此。漂亮时尚的女性虽然受欢迎，不过，在如今这个"工资不涨，物价飞涨"的时代，比起那些花很多钱打扮自己的女性，男性会觉得有理财能力的女性更有魅力。考虑到结婚，不善于理财的女性确实会让男性感到不安。

俗话说："婚姻要兼有'床笫之欢'与'厨房之乐'。"我认为，在此基础上再加上"理财之智"，这句话就更全面了。对男性来说，能找到一名在夫妻生活方面和自己合拍，在饮食口味方面与自己相似，并且能够做好家庭财政管理的女性，作为人生伴侣，那真是再理想不过了。

面对理财能力强的女性，男性通常会"束手就擒"

那么，女性的"理财能力"究竟是指什么呢？理财能力首先表现在女性能够控制支出上，即"节俭"。比如，有些女性不会扔掉某些蔬菜的根部，而是将其种在厨房的容器里，她们也会勤查电表、煤气表。（笑）

我觉得，如果女性将这种节俭看作是在做游戏，那么开心地继续做下去就好。如果女性将其视为自己的义务，那么这就会使其感到疲惫。不仅这么做的女性会感到疲惫，家里其他被要求这么做的人也会觉得疲惫。

我希望大家明白，节俭也应该是有限度的。无论怎么节俭，怎么拼命地节衣缩食，年收入300万日元的家庭，一年能存下30万日元到40万日元就已经很不错了，年收入不可能飞速增长。我认为，与其一味地节衣缩食，不如思考如何增加工资以外的收入，因此，女性也应该多学习理财知识。我希望所有女性都能去学习一下。

实际上，日本男性的理财能力并不强。一直以来，日本男性都不喜欢谈钱，认为男性"不能显得自己小家子气"。许多男性把财政大权交给了妻子，而他们也认为那些善于理财的女性具有他们无法抗拒的魅力。

男性会觉得在电车中阅读《日本经济新闻》①的女性非常帅气！（笑）

_____

① 在日本颇具影响力的经济类报纸。

许多女性可能会说："《日本经济新闻》的内容真的很难懂……"女性觉得这份报纸的内容难懂，是因为没有阅读它的欲望。如果女性炒股的话，这份报纸上的内容就会变得很容易懂，读起来也会十分有趣。

现在市面上也有很多通俗易懂的股票类图书供女性选购。"投资赚来的钱不干净"这种观念已经过时了。学习一下自己感兴趣的理财知识，不也是很有趣的事吗？用存款的十分之一买一些股票，感受股价涨跌，也是一种不错的体验。女性可以通过管理自己的钱，来感受经济的变化，把握世界的发展趋势。

学习理财知识是对 30 年后的自己的投资

女性学习理财知识也是对未来的自己的一种投资，学习理财知识不仅可以实现财富增长，而且能够避免受骗。回顾日本的历史，明治时期，有人从无知的百姓手中骗取钱财，为自己谋取私利。遗憾的是，当代日本仍有这样的事情发生，在人寿保险领域就能发现类似的诈骗手段。

保险公司的人会这样向客户介绍投保计划：投

保人若不幸身故，其亲属可获得 5 千万日元保险金。投保人在 20 岁到 30 岁这段时间，需按照约每月 4 万日元的价格缴费，10 年后自动续保，尽管届时投保人的工资可能上涨，但保费不会改变。然而，到了投保人老年疾病多发的 60 岁左右时，其每月的保费将增至 7 万 5 千日元。事实上，很少有人能在退休后继续支付如此高额的保费，许多人因无法继续缴纳保费而与保险公司解约。

而那时，投保人已支付的保费累计近 2000 万日元。解约时，保险公司只能返还投保人家属约 1300 万日元。那么，剩余的约 700 万日元究竟去了哪里呢？

造成这种情况的原因主要有两个：第一，尽管有人称"10 年后工资一定会上涨"，但实际上并非如此。第二，在签订保险合同时，保险公司并未告知投保人"60 岁后，年保费是 7 万多日元"。当然，保险公司也没有撒谎，他们只会说"因为这是统一的保险费用要求"，并暗示投保人"如果您身故，您的家人会过得很艰难"。那些蒙受了巨大损失的人可能这时才发现自己上当了！

但是，既然这是保险行业的普遍做法，那么即使有人大呼"被骗了"并感到愤怒也无济于事。因此，认真学习相关理财知识，保护好自身权益就显得非常重要。

金钱与恋爱的关系是什么？

在此，对金钱与恋爱的关系，我想提出自己的看法。（笑）女性可以问一下自己："金钱对我来说意味着什么？"女性应思考自己给出的回答，并选择与自己金钱观一致的男性结为伴侣。

如果一名女性认为"金钱是做喜欢的事情的工具"，那么她就能理解男性为自己的爱好而花钱的举动。男性花30万日元购买铁道模型，大部分女性会因此而生气，但如果其女朋友是那种"发奖金的时候，也会买价值30万日元的古董家具"的女性，那么他们或许能互相理解。

我比较喜欢花钱张弛有度的女性。

比如，有的女性平时很节俭，在纪念日送礼物时却非常慷慨，而且她们能够判断购买的礼物是否物有所值，而非单纯地购买价格昂贵的东西。

我觉得那种会灵活理财的女性特别有魅力。

那么，怎么知道你和你的伴侣是否在金钱方面合拍呢？我建议你们一起去旅行。你们最好一起旅行一周，至少两三天。你们平时约会大概只是吃饭、逛街，很难全面了解对方的金钱观，旅行时，你们可以在一起多待几天，你们可以渐渐了解对方是如何看待金钱的。在你们一起购买特产时，你也能知道他喜欢在哪些东西上多花钱。

金钱观会伴随我们一生，会影响我们的生活质量。钱是不可或缺的生活工具。恋爱双方的金钱观可能会左右两个人的感情，甚至能揭示两个人的品性。

因此，我再次强调，不要轻视恋爱对象的金钱观。女性请不要再对伴侣说："财政大权就交给你了。"我希望女性能提高自己管理金钱的能力，并将其变为自己的个人魅力。

时间和恋爱的"浓淡"很重要

若能掌控时间和恋爱的"浓淡"，你将无比轻松

许多女性认为：想要更好地利用时间，就需要在"从容与高效"之间作出选择。其实不然，我们可以根据实际情况灵活选择。我们可以时而从容地处理事情，时而高效地处理事情。我们可以调整自己的生活节奏，使自己"张弛有度"。

"张弛有度"也可以用"浓淡相宜"来形容。有时，你可以集中注意力努力工作；有时，你也可以什么都不想，只是发呆；有时，你可以高效地处理必须做的工作；有时，你可以随心所欲地享受生活。你可以像这样有意识地切换生活的节奏。

我自己就是这么做的。通常，我会以周为单位，规划一周的时间安排，在一张 A4 纸上写下这周必须做的事情。比如，"周一：上午，观看女儿的文艺表演。下午，专注写作。""周二：上午，去

089

秋叶原参加活动。下午，写随笔，录制电视节目。"

这样写下来，我就清楚地知道我哪个时间段需要集中精力工作，哪个时间段可以放松一下。如果发现有空闲时间，我会无比开心。虽然空闲时间通常只占两成，但我觉得悠闲地享受生活，真的是非常惬意的事。

如果时间的使用"浓淡相宜""张弛有度"，你就会觉得生活无比轻松。我们没必要一直拼尽全力去做所有的事，一直全力以赴地做所有的事，会让人感到疲惫不堪。

恋爱也是这样，我们有时可以激情满满，有时可以不紧不慢。

美妙的音乐，时而慷慨激昂，时而和缓悠扬，动静结合，相得益彰，使听众的情绪也随之起伏变化，时间亦是如此。

我经常会设置完成某件事的"截止日期"，时间会因此变得"浓稠"。流逝的时间就像被压缩了一样，我将能量注入其中，时间就会变得"厚重"。

相反，有人认为自己"没什么事可做"，"每天只是过着重复的生活"，与其这样让时间白白流逝，不如给自己安排一件有意义的事做，并且设置一个

"截止日期"，比如"月底前整理衣柜"。

"积攒时间"，一点点时间就可以改变自己

经常有人说："一天 24 小时不够用。"但我既不想增加时间，也不想减少时间。我觉得一天 24 小时刚刚好。在金钱方面也是一样，人很难知足常乐，往往是有了一些钱之后，还想要更多。

在我看来，如何利用好有限的时间才是最有趣的事情。只要你愿意努力，时间就能被积攒下来。这种"积蓄"会以明显的方式表现出来。

比如，原本需要 1 小时完成的工作，你可以提前 5 分钟完成。这样，上午积攒 5 分钟，中午积攒 5 分钟，傍晚积攒 5 分钟，晚上再积攒 5 分钟，像这样不断积攒，到晚上就能留出 20 分钟的时间。如果你用这些时间打理庭院，几周之后，你的庭院就会有显著的变化，变得更加美丽。

我会用积攒下来的时间读书，利用这些积攒下来的时间读书，不仅能增长知识，还能提升写作技能。只要你坚持积攒时间，不久你就会发现，很多事情都发生了改变。

我这样说，也许有人会想："比起每天努力节省

时间，在某些时候集中精力做一件事不是更好吗？"
那可不一样。无论是学习还是健身，都需要日积月
累的坚持才能有收获。与其一晚上专心学习某种知
识，不如每天花 10 分钟学习这种知识，时间久了，
你就会发现，你的知识量在不知不觉中增加了。

逝去的时间也能"追回"

积攒时间的方法因人而异。作为成年人，我们
都知道哪些时间是必须花费的，哪些不是必须花费
的。然而，别人不了解我们的划分必须花费的时间
和不必花费的时间的标准，这可能会给我们带来一
些麻烦。

为了寻找小说的创作灵感，我经常带着笔、纸
和随身听外出散步。如果计划散步 1 小时 30 分钟，
我会用其中大约 1 小时 20 分钟来放空自己。（笑）
我真正开始动笔记录通常是在最后 10 分钟。有人
可能会建议："既然这样，你只散步 10 分钟不就行
了吗？"对我而言，之前发呆的那些时间是必须花
费的时间。短时间内的高效，我做不到。

或许，决定时间价值的是你自己。如果在某段
时间里，什么都不做会让你感到安心舒适，那么这

样"浪费时间"又何妨？我经常听到有人说："如果我的日程没有被计划塞满，我就会感到担心。"这可能是一种"恐惧症"吧。我们明明没必要那么拼命。

有时候，你也许会感叹："好不容易休息一天，天气这么好，我居然看了一天漫画！"与其陷入自我厌恶的泥淖，不如享受这种浪费了一天光阴的奢侈的快乐。你又不是每天都在看漫画，偶尔消遣一下也无妨。而正因为有这种自我反思，你才能深刻地体会到时光的宝贵。

我认为，逝去的时光是可以"追回"的。当然，时光不会倒流。无论是工作还是恋爱，失败了，后悔了，挽回的机会总是存在的。我希望你也能这样想。

我虽然没有什么特别"想要追回的时光"，但"无法割让的时光"还是有的，那就是和孩子一起泡澡的时光。和家人一起吃完晚餐后，大约晚上8点，我会和孩子一起泡澡。那段时光中的我，陪伴了家人，也放松了自己，只有那段时光可以让我暂时忘记工作。

时间感的差异，无须刻意调整

有些人总是十分匆忙，觉得"时间不够用"；而另一些人则显得十分从容，认为"时间充足"。这些差异源于个性，我认为，我们不必为了别人的看法而刻意改变自己。

例如，我做事雷厉风行，你做事从容不迫，这样的差异有时反而能增加我们相处的舒适度。因此，我们不需要迎合对方的时间观念。在恋爱关系中，重要的不是每次见面相处的时长，而是能否长久地走下去。在长期相处的过程中，遇到对方情绪低落时，我们最好这样想："我也曾经有过类似他现在这样的时候。"

我们可以在保持自己的好心情的同时，理解和安慰对方。这样一来，两个人的关系自然会顺利发展。在我看来，不同的生活节奏和时间感并不是阻碍恋情发展的重要问题。

写给抱怨"时间太少"或"时间太多"的人

最后，针对不同的情况，我想给大家一些建议。

如果你总觉得时间不够用，不把时间用光就觉得不舒服，那么我建议你稍微放松一些，不要把日程填满，请试着偶尔放空自己，接受一些什么都不做的时光。人生不必时时刻刻"火力全开"。

如果你觉得自己"闲着也很痛苦"，而现在又毫无目标地活着，那么就请专注地做自己喜欢的事情吧。坚持下去，你一定会有所收获，这其实是一种奢侈的活法。即使不设定具体的目标，把空闲时间利用起来做喜欢的事，你也一定会得到意想不到的成果。

20多岁的时候，我在工厂做保安。那时的我空闲时间很多，说是做保安，其实我最主要的工作是在发生火灾时负责灭火。平时，我总是一边听收音机，一边站岗发呆。但是，那时的我经常抬头看天，渐渐地，我学会了通过云彩的形状预测当天的天气情况。

如果夏季的早晨多云，那么当天午后可能会放晴。

这样的观察对我现在写小说时描述场景也颇有帮助。对写作者来说，最重要的是每天朝着目标不断前进，但写作者也要适时停下来，享受那些悠闲的时光。

你准备如何管理自己的时间呢？

"阻碍"是爱情的调味料

不轻松的恋爱更有趣

如果在追求爱情的幸福的过程中遇到了"阻碍",比如爱上与自己不合拍的人,或者爱上与自己年龄差异较大的人,那该怎么办呢?在某种程度上,你可能会认为你的感情生活比别人的感情生活要辛苦得多。周围的人可能会有各种议论,这无疑会使你感到精神压力倍增。然而,完全没有障碍的随心所欲的恋情,也很难充满激情。这就像玩游戏一样,有规则限制的游戏往往更加引人入胜。

不仅如此,我对轻松的恋爱也提不起兴趣。如果恋情一开始就很轻松,人们往往会希望它变得更加轻松,我认为这样的恋情会逐渐失去挑战性。

如果你真心喜欢一个人,那么不妨将"恋爱阻碍"视为增加情趣的元素,去尝试一番。若最终无法克服阻碍,你只需认定"这个人不值得我付出更多努力"，然后勇敢迈向下一段恋情即可。

令我忧虑的是，许多人缺乏恋爱的勇气，无法面对"恋爱阻碍"。当代许多年轻人不愿意谈恋爱，这是一种令人担忧的现象。相比之下，那些为了恋爱而努力克服阻碍并认真对待爱情的人，或许可以被称为"恋爱高手"。

不必"坚持自我"

我想大部分不想谈恋爱的人都是因为欲望减退而缺乏恋爱的动力。他们为什么会这样呢？因为他们累了。

他们为了追求社会舆论所定义的"普通的恋爱"而精疲力竭，最后无法正视自己内心的"爱情萌芽"。

有些人好不容易遇到了感觉不错的人，希望和对方在一起，却没有勇气去培养这段感情，便以"太麻烦了"为由，对自己的感情视而不见。

等爱情的小火苗熄灭后，他们又一边通过纯爱电影体验爱情，一边嘀咕："谈恋爱真好，我好想谈恋爱啊！"（笑）让人心动神迷的爱情，是令人讨厌的事情吗？面对那些放弃"爱情萌芽"的人，我想问：大家是不是把恋爱想得太难了？

恋爱虽然是很美好的东西，但并不是多么了不起的东西。因此，在面对恋爱的阻碍时，我们首先要直面自己的心理阻碍，也就是自己"抗拒恋爱的情绪"。如果你能推倒这些阻碍的高墙，那么你就会变得更加坚强。如果你什么都不做，那么阻碍的高墙就会越来越高、越来越厚。

推倒内心的高墙

想要推倒内心的高墙，我们需要采用一些方法。方法很简单，你可以屏蔽蜂拥而来的多余的信息，留出时间，倾听自己内心真实的想法。

屏蔽掉"现在流行什么服饰，哪里的酒店很棒……"大家要给自己的内心留一点儿时间，杂志、电视、朋友的意见都屏蔽掉，看看自己对什么动心。

这样一来，由于外界信息造成的内心波动就会消失，我们就能清楚地知道自己内心的真实想法。

这些外界信息是很难被屏蔽的。比如，你有一个心仪的对象，但是你的朋友说"他好像还差点儿什么"，不少人会被朋友的意见左右，从而产生"那就算了吧"的想法。其实你并不这样认为，你明明没有理由放弃他，却对"差点儿什么"这种外界信息反应过度，随便找了个理由放弃他。对你来说，最重要的是让欣赏的种子在心里落地生根，并追问自己：我为什么会这么想？我接下来该怎样做？

不过，也有些人需要"外界信息"的支持。她们对自己的评价很低，会因自卑而放弃爱情。这种人应该拷问自己的内心："我真的想谈恋爱吗？"如果答案是"想"的话，那么她们就应该毫不犹豫地向爱情前进。

总之，你眼中的自己和别人眼中的你，或许是不一样的。自我评价或许不一定可靠，也许在别人眼中，你是一个优质的婚恋对象呢。（笑）与其随意降低自我评价，认为自己不行，消耗掉自己的恋爱能量，不如下定决心，向爱情勇敢地迈出第一步。也许这样做，你会觉得更快乐。

克服外界阻碍

接下来，我想谈谈"有形"的恋爱阻碍。比如，有些人想跨越"年龄差"，恋爱并结婚。但是，对恋爱双方来说，年龄差不应该成为问题。既然双方已经做好了交往的思想准备，那么年龄差就不应该是两个人之间的障碍。

异地恋同样如此，只要两个人的感情足够坚定，距离就不是问题。由于无法经常见面，在去约会的路上，恋爱中的男女也会因陶醉在爱情中而充满喜悦，不是吗？（笑）

把这种陶醉变成恋爱调味品，恋爱也会变得更快乐。即使父母和周围的人反对你们的恋情，你们也没必要顺从他们。你的人生终究属于你自己，父母与朋友无法替你谈恋爱，替你结婚。创造幸福的婚姻要靠你自己。（笑）

绝对跨越不了的阻碍几乎不存在

这样想来，或许那些我们能用肉眼看到的阻碍更容易被解决。因为我们有了"即使面对困难，也要克服它们"的决心，所以在一开始，我们就做好了可能会受伤的心理准备。一旦开始谈恋爱，遇到任何问题，我们都可以与伴侣共同面对，共同解决。

如果我们充满动力，那么在阻碍尚未变得难以跨越之前，我们就能够跨越它们，因此，那些看似无法跨越的阻碍，实际上并不存在。

在我们的情感生活中，许多事都很难一帆风顺，在两个人朝夕相处的几十年的光阴里，可能只有在少数几个月里会如此。无论我们多么喜欢自己的伴侣，我们与伴侣多么合适，也总会遇到一些阻碍和不愉快。如果我们能够宽容地对待这些小问题，感情就能够维持得更长久。

从另一个角度来看，在当今时代中，那些"肉眼不可见的阻碍"更加难以识别和解决，许多人因此在恋爱中过早地退缩，这才是当代人情感问题的关键所在。如果遇到感觉不错的对象，我们就应该大胆地向其靠近，勇敢地去爱。（笑）

恋爱像买包一样，"将想法具象化"很重要

最后还有一点，我想给大家一个跨越内心阻碍的启示。

恋爱就像买包。如果你只是含糊地想"我要买个包"，那么你即使去商店购买，也没有目标。但是，如果你能具体地想"我想买一个白色羊皮制成的方形的包"，那么你就能很快地买到自己想买的包了。恋爱也是如此。"我想找这样的男性，我想谈这种类型的恋爱"，将想法转换为具体的形象很重要。

总之，恋爱很像"物品"。如果只是追求爱情的幻影，那么你就很难取得进展，你需要的是将其具象化并增加与你心仪的男性相遇的机会。请忘记恐惧，试着去恋爱吧！从消除内心的顾虑，认识可以成为恋爱对象的男性开始。

挑战与机遇：一体两面

挑战没什么好怕的！

没有危机的人生是不存在的，不管看起来多么幸福的人，也总会遇到或大或小的问题，人生路上不可能总是一帆风顺。

我们在生活中遇到的那些令人头疼的问题，十有八九会随着时间的流逝而解决。当然，生死之事另当别论，大部分的紧急事件都像暴风雨一样，只要我们耐心且坚强地应对，大部分都可以得到解决。面对麻烦，我们不必手忙脚乱，只要想着"接下来肯定会有好事发生"，镇定地等待着风平浪静之后再处理即可。

不过，身处恋爱的旋涡中的我们总是烦恼不断，这一点我也明白。女性特别在意的问题，往往与人际关系有关，往往与职场、家庭、情感有关。

那些被麻烦困扰的女性容易盯着事情不好的一

面。例如，一名女性有一个对她很好但不经常主动联系她的男朋友，在这种情况下，她往往把自己的注意力放在"对方不经常主动联系她"这一点上。

职场亦是如此。当被分配到额外的工作、面对批评时，许多人往往不禁自问："为什么是我？"而他们却没有想："这或许是因为大家对我期望较高。"

我认为这样的人具有较强的受害者意识。他们常感叹："我已经这么努力了，为什么仍要面对这么多的问题？"他们总是觉得自己很不幸。然而，实际上任何事情都有好的一面，也有不好的一面。为了防止事情向不好的方向发展，我们的首要任务是保持冷静。在麻烦事与自己之间建立缓冲区，对当前的形势进行判断。

有句谚语："打不过，就合作。"这句话也许是历史上那些历经战乱之苦的人们总结出的智慧。同样，对家人、上司这些无法断绝关系的人，我们与他们共同协商问题的解决方案才是明智之举。

具体来说，我们需要客观地审视事物。这就像我们参观动物园。在动物园里，无论我们喜不喜欢某种动物，我们都会以一种观察的视角去审视它们并思考："这是一种什么动物？其生存状态又是怎样的呢？"

一旦养成这种习惯，我们便能发现那些我们讨厌或觉得难以应对的人的另一面，我们也会开始注意到他们的优点。"虽然这个人有点儿啰唆，但他很有责任感。"即使只发现其一个优点，我们也能改变对其态度和说话方式。而我们的积极态度也会促使对方发生改变。如果我们抱着"事情正以有趣的方式变化着"的态度去看待生活，那么那些看似麻烦的事情也不再那么令人畏惧了。

"干净利落"且"幽默"地解决问题

那么，我们应该怎样培养这种积极的心态呢？我建议你把自己的心情和想法写下来，写日记也好，写博客也好，这些记录都可以让你重新审视自己并规划未来。

比如说，在20多岁的时候，我经常写"趣事清单"。这种清单与传统日记不同，我会把当天发生的有意思的事情记下来，"拉面好吃""夕阳很美"这些事都被记录在案。我发现，仅仅是这样随意一写，我的心情便会豁然开朗，烦恼也会一扫而空。

补充一句，我认为彻底解决问题的最大助力是

"干净利落"和"幽默",通过书写可以培养"干净利落"的能力。在犯错时,我们"干净利落"地承认:"是我的错。"我们再以"幽默"的方式从容不迫地自嘲:"我真是百无一用啊!"这种将"干净利落"和"幽默"两者结合的方法,可以解决大部分的问题。这种态度还能赢得别人的好感,提升个人魅力。(笑)

顺便提一下,我觉得我本人也是很能容忍麻烦的。家中被盗啦、电梯起火啦……需要警察介入的麻烦事在我的身上发生过许多次。不过,在这种时候,我就会想:"我居然被卷进这种事里,真是太不可思议了!把这件事当成素材写点儿什么吧。"(笑)

还有,那些遇事容易陷入恐慌的人,可以在遇到麻烦时想:"现在碰到的事没什么了不起,一切都会好起来的。"时间一长,我们就可以养成这种习惯性的思维,以后遇事也不会慌张了。

直面问题是成长的必经之路

大多数男性遇到小问题时不太喜欢唠叨,他们中也有一些人会回避问题,放任自流。

有时候,回避问题的确能解决一些麻烦,但那也意味着当事人没有直面自己和他人。

如果一个人遇到了某种危机，又无法化解它，那么这种危机可能反映出了这个人自身的问题。当事人不想承认的缺点和某些关键的问题，就藏在危机里面。

如此一来，你是不是也觉得遇到危机是正视自己的良机呢？逃避难题也意味着放弃改变自己的机会，等到真正面对无法回避的问题时，你就变成了逢战必输的弱者。因此，我们需要改变回避问题的态度，直面问题。

当然，直面问题是相当费力的。除了直面问题，我们有可能还要面对那些自己不想面对的人。不过，这种面对是成为一个成熟的人的必要条件，具备它之后，你的境界就会提升，你就可以成为精神更为强大之人。

如果你觉得自己一个人面对麻烦很痛苦，那么你可以向朋友寻求意见和帮助。说到底，大多数人都过着一种不断地"剥洋葱"的生活，他们只能不断深入地去挖掘自身的问题。直面问题这件事，在某种意义上，就像是在"剥洋葱"般地剥开自己的心。如果你能直面真实的自己，那么你就具备了新的人格魅力，这也会使你感到愉快。

怎样把危机变成机遇

想要培养自己的"干净利落"和"幽默"，我们可以参考过去的人的经验。查阅伟人传记，观看具有自传风格的电影和小说，这些都可以拓宽我们的视野。同时，我们可以聆听身边的长辈的故事，了解他们是怎样在危急时刻坚毅不屈、一次又一次克服困难并努力生活的，我们可以从他们的奋斗经历中学到许多东西。

人们经常说："我们要把挑战转化为机遇。"我认为，机遇和挑战往往是共生的。没有人总是处于不利地位，也没有人总能一帆风顺。只关注坏事，就会错失一个又一个机遇，这样就太可惜了。

我们需要有能力平衡顺境和逆境。人生既非残酷无比，也非一帆风顺，遇到问题之时正是机遇降临之际，此时，我们更需要冷静思考。

若想在此基础上把危机变为机遇，我们要做到以下两点。首先，我们要敞开心扉，平等地对待所有人，真诚地接纳眼前的人，对他人的缺点要予以理解和宽容，发现他们独特的优点。这是我的基本观点。其次，我们需要具备双赢的思维，不应该只考虑自己的利益，也要考虑他人的利益。

按照这种方式处理问题，你一定能培养出足以面对挑战的强大内心，与周围的人的关系也将变得更加和谐，你自己也会得到成长。

恋爱中，女性要温柔而坚定

"女强人"会被讨厌吗？

我认为，女性的身体往往比男性的身体更强大。儿童时期，大部分男孩儿比大部分女孩儿更容易感冒、拉肚子。女孩儿的免疫力似乎更强，这些小毛病比男孩儿少。无论是在身体的免疫力上还是在精神的坚韧程度上，男女之间的差异都十分明显。

那么，男性是否能感受到女性的这种强大呢？许多男性偏爱那些平时温柔稳重，但在紧急情况下能展现出强大力量的女性，更准确地说，这样的女性不仅能赢得男性的喜爱，还能成为他们的得力助手。

我可能不会亲近那些平时总是勇猛强势的女性，但我认为那些在面对问题时依然保持冷静、专注解决问题、愿意倾听他人烦恼、既柔韧又坚强的女性充满魅力。这些女性并非柔弱，相反，她们拥有令人钦佩的坚韧。

通常，只有在面临挑战时，人们才能真正发现自己是否具有这种坚韧。例如，一名女性在旅行途中发现自己忘记带护照了，如果她能立即着手解决接下来的问题，那么她便是一个坚韧的人。

她或许会爽朗一笑，说："没有护照也死不了呀！"许多男性就没有这种胸襟。

许多日本男性一直是依靠社会身份而活的，因此，一旦他们在旅行时丢失了能够证明自己身份的护照，就振作不起来了，特别是那种平时威风八面的男性，在这种时候就更窝囊了。（笑）男性是多么脆弱呀！女性就不同了，她们十分顽强。遇到问题，大多数女性会想："我肯定能找到办法来解决问题！"接着，她们会按照自己的计划行动起来。

面对这样的女性，男性会觉得她不可爱吗？此时，男性对这名女性的好感会急剧上升，他会想："她太棒了！她是个很可靠的人，我可以依赖她。"这会成为他想要和她长久在一起的理由。

一招制敌——搞定男性的撒手锏

女性的出色也分许多种。有的女性在工作上表现得非常出色，这种女性可不是逞强硬撑地去努力工作，她们知道自己能力的界限，知道自己什么时候该坚持，什么时候该退让。她们遇到问题时会随机应变，具备平衡工作与生活的能力。比如，开会时，在关于某个项目的讨论停滞不前的时候，她们能率先发表意见。在男性还在斟酌词句的时候，她们可以自信满满、掷地有声地发表自己的言论，令人神清气爽。这样的女性与普通的男性做决策的方式完全不同。（笑）

英语中有"perseverance"一词，其意思是毅力，即专注于一件事情并坚韧地为之努力。当被问及"你最注重的品质是什么"时，许多美国人会说出这个词。在许多女性身上，就存在着这种毅力与坚韧。它不同于男性所具备的那种瞬间的爆发力，而是一种虽然缓慢却能持续且坚定地贯穿始终的力量。女性若是将其用于情感之中，那么大多数男性都会为其折服。（笑）

此外，在是否选择示弱的问题上，我认为能够战略性地、熟练地展现自己强弱之处的女性会强于男性。

我之所以这样认为，是因为当女性表现出柔弱的一面时，男性往往无法分辨这是自然流露还是伪装。例如，平时看似温和平凡的开小吃店的单身妈妈，只需稍稍示弱，便能吸引公司中的男性精英职员，这很可能是由于上述原因。因为男性往往会过分高估自己的能力，所以他们可能会认为："对方是因为欣赏我而展现出了柔弱的一面，我必须为她做些什么。"女性通过展现自己的柔弱之态，成功地触动了男性的情感，这确实是一种非常有效的情感策略。

不过，就像我之前说的那样，大部分男性更喜欢强大的女性，因此，他们在面对这种柔弱的女性时，可能会显得犹豫不决。尽管双方刚开始交往的时候，女性柔弱的言行会俘获男性的心，可是当面对婚姻时，男性还是更倾向于选择理性而强大的女性。而男性对女性强弱的判断，也是基于冷静的观察。因此，女性可以在男性面前示弱，不过，紧要关头还是要有"交给我吧"这种强大的姿态。如果女性能够灵活运用自己的强大和柔弱，那么就一定能牢牢地抓住男性的心。

没有柔韧性的刚强等于软弱

当下，爱逞强的女性居多，她们明明很想见自己心仪的对象，却不肯说"我想见你"。她们的这种做法有可能会让男性觉得其十分可爱，但也有可能会引起男性的不满。如果女性总是逞强，那么男性就没办法知道女性的真实想法，这会增加恋爱双方的隔阂，甚至导致两个人关系破裂。

然而，令人感到不可思议的是，大方且大胆的女性不会使男性产生幻灭感。比如，在餐厅里，女性对一名陌生男性说："我想和你换一下座位。"此时的男性大概率会很痛快地答应。（笑）只要女性在表达自己诉求的时候言语不粗俗，大部分男性就会觉得"她还挺大方的"。

但是，有些过于强势的女性也会让男性望而却步。这种类型的女性总是会说"虽说如此，但是……"，因此，我们很容易从人群中将其分辨出来。这类女性特别喜欢显示自己，对别人也不太宽容，与她们相处会让人觉得不太舒服。其实，她们的强势里隐藏着不安和自卑，她们越是不安和自卑，越是要表现自己的强势。而这种没有柔韧性的强势，几乎等于极度脆弱。男性遇到这类女性会立刻提高警惕，他们认为，和她们交往会很麻烦。

当然，我也不建议女性过度忍让男性。有些女性觉得："他总有一天会醒悟的。"因此，她们会一直忍让男性，但那其实是幻想，有些男性是永远不会醒悟的。许多女性的确十分强大，非常了不起，尽管如此，她们依然无法改变别人。无论男女，谁都无法通过自己的努力来改变伴侣。认为自己可以改变伴侣是一种错误的念头，是自负。

我特别欣赏那种平时看似不太强势，但在关键时刻却十分坚韧，十分强大的女性。比如，在遭遇裁员时，这样的女性会说："不去想那件烦心事了，今天我要好好吃一顿！"而那些陷入"明天该怎么办"的恐惧中无法自拔的女性，在我眼中，其魅力远低于前者。许多男性可能会偏向于选择坚韧且强大的女性作为人生伴侣。从男性的角度来看，总是说"我自己能挣钱，没问题"的女性，可能更具魅力。当代男性听到这样的话，不太可能感到自尊心受伤。（笑）

认清自己内心的"伙伴"

简而言之，真正的强者应该像棒球比赛中的优秀投手一样，能够把握好平衡。能打出高速快球的人，不能仅凭这项技能成为明星选手。既能投出快球，又能投出曲线球，让对方无法掌控的投手，才能成为一流投手。我认为，真正强大的人，是那些非常了解自己，知道自己的优点和缺点，并能根据情况调整自己的人。

我们应该怎样成为这种强大的人呢？首先，我们需要准备好纸和笔，在周末的下午，一边播放自己喜欢的音乐，一边在纸的中间画一条竖线，竖线的右边写上自己的优点和长处，竖线的左边写上自己的缺点和不足。这就像教练在体育运动中制定"我心中的理想队员名单"一样。女性可以根据自己的优缺点，考虑自己在遇到问题时如何应对。我觉得，知道在不同的场合如何灵活运用自己的长处，对成熟女性而言，是非常重要的。

年轻时，我们面对问题，常常抱有"做就行了"这种莽撞而强势的态度。有时候，这种莽撞而强势的态度看起来还挺可爱。不过，30岁以后的我们，在遇到问题的时候，就应该深入思考"我真正的优势是什么"这样的问题了。"身材不错""善于协调调度"……这些都是优势。女性可以花些时间研究一下自己，在日常工作和生活中，充分利用自己的优势。如此一来，女性就能充分将自己的柔韧和强大展现出来了。

说到底，一名男性之所以被一名女性吸引，一部分原因可能是因为他在某些方面相对较弱，如果那名女性在这些方面比较强大，那么他们就可以优势互补。因此，女性应该保持自己的坚韧，将烦恼抛到脑后，集中精力规划未来。

不过，女性还是要注意展示自己的方式，不要表现得过于强势，免得把男性吓跑。

恋爱的涟漪需要制造

写给因恋爱毫无进展而烦恼的你

当下，正式地表达自己的感情，让双方都明白"从今天起，我们就是恋人了"的人越来越少了。许多男女交往的起始点不明，就算有过肌肤之亲，也还是分不清两个人到底是朋友，还是恋人，使两个人都陷入进退两难的境地。其实，我们应该为这种不透明且停滞不前的恋爱增添一些涟漪。

首先，我希望你能明白，只有女性会对两个人的交往状态感到不安。因为女性对恋爱的期望更高，所以她们不喜欢停滞不前的关系，而是希望寻求恋爱关系的进展和变化。不仅如此，因为女性有生育年龄的焦虑，所以随着年龄的增长，结婚的压力会越来越大，因此，她们会着急地想："必须做点儿什么了。"

与此相反，对男性而言，即使恋爱关系停滞几年也没关系，停滞期反而是他们的快乐时光。改变自己、改变生活的方式对男性来说是一件恐怖且麻烦的事。女性即使逼问他们"我们的关系到底要怎么发展"，也很有可能得不到答案。

他们恐怕会想："改变现在的关系，对对方负责任，太麻烦了！"

有些男性明明恋爱能量很低，他们的恋爱理想却很高。因为他们缺乏紧迫感，所以不管年龄多大，他们心里也还是会想："说不定以后我会交到像女明星一样漂亮的女朋友。"他们不考虑自己的实际情况，也不去验证理想的女性会不会对他们动心，只凭想象沉迷于虚构的爱情之中。

女性应重新审视自己与这种男性的关系，以免妨碍自己得到幸福。当脑海中偶尔浮现"继续这样很难受""即使继续和他在一起也……"等想法时，女性最好采取一些行动。

有这样一个故事。有一名 35 岁的女性，在工作中表现得非常出色，她有一个每个月约会一次的恋人，他的工作、外貌以及约会的内容都无可挑剔，但他们每次见面都要由他来安排时间。即使是在这种情况下，她还是会说："虽然我也想和他进一步发展，但如果提出改变现状的想法，我怕自己会失去他。"

听了这个故事，我觉得这名女性太善良了，如果她能狡猾一点儿就好了。

虽然我不知道那名男性的真实情况是怎样的，但我觉得他极有可能同时还交往了其他女性。毕竟他们一个月只约会一次，他花几个小时单独应对一名女性，表现出一心一意的忠诚模样，还是很容易的。

怎样打动"迷茫时代"里的男性

在面对"没有进展"的恋爱关系时，许多女性会感到苦恼，尽管如此，但有些事情是绝对不能做的，其中之一就是逼迫对方给出答复。她们往往会当面将问题抛给对方："那你说该怎么办？"

虽然我明白这时的女性可能想尽快得到答复，但如果女性真的这么做了，男性可能会选择逃避或者沉默。

实际上，当下许多男性已经进入了"迷茫的时代"，和女性一样，他们的内心都充满了无奈与不安。如果女性想推进两个人的关系，首先就应该消除对方内心的不安。男性是社会性动物，他们总想获得别人的认可。女性需要抓住这一点，给予其认可和称赞。

女性不光可以用语言认可男性，还能用身体语言表达类似"你真的很努力呀"这样的称赞。

如果他累了，你可以紧紧地拥抱他，给他按摩一下。总之，你要像母亲对待儿子那样接纳他。在他遇到挫折的时候，你可以若无其事地提出建议："你还有很多可能性，可以朝这个方向努力。"

你也可以对他说"这本书很有意思"或"这家餐厅的饭菜很好吃"。为了发掘他的才能，提起他的兴趣，你可以邀请他去看电影，逛美术馆，听音乐会。忙于工作的男性，其精神生活往往非常单调，因此，你可以安排并陪伴他们参与这些活动。这样不仅能使其更了解流行文化，还能让别人觉得他们很有品位。当意识到这些好处后，他们会想："和她在一起，我得到了许多提升。"

这样一来，他不仅得到了心灵的放松，还会觉得："和她在一起，我会变得更有干劲儿。"对他而言，你就成了一个令人愉悦的伴侣和不可或缺的存在。大多数男性都是比较认真且有上进心的，即使是那些比较怕麻烦、缺乏自信的男性，也会因你的鼓励和帮助而发生改变。

应当清醒的恋爱时刻

在恋爱中，我们应当保持清醒。如果你发现，你付出了许多努力，对方依然没有任何推进你们的关系的行动，而且完全无意改变，那么你必须认清这段感情的现实情况。

你可以通过外宿一夜的短期旅行去观察男朋友的心到底在哪里。如果你发现他不会给你未来，那么你可以去寻找一个比他更好的人。即使那个人不如你现在的男朋友潇洒，但也可能是个诚实的人。（笑）

你也可以偶尔向他暗示："有人喜欢我，有人想追求我。"你可以根据对方听到这些消息后的态度来决定你是否应当继续经营这段感情，如果对方依然不肯给你承诺，那么鼓起勇气一刀两断或许也是比较好的做法。

另外，你也可以从以下两个方面重新审视他。一方面是经济状况，你可以看看他是否拥有维持两个人生活的经济基础。另一方面是人品，你可以看看他是否是一个有同情心等美好品质的人。如果他具备某一方面的优点，你可以考虑不要过早地放弃他，然而，如果他一个优点都没有，那么你还是早点儿放弃他吧！不行的人就是不行呀！（笑）

人们经常说："年轻的时候纵情女色的人，一旦结婚，心也就定下来了。"这是彻头彻尾的谎话。无论是男是女，年龄多大，人的本性大概率是不会变的，因此，不要抱有"他会为爱而改变"这种幻想。

在"即使如此，也还想继续"的时候

如果你希望继续这段关系，对方的经济状况和人品也都没有问题，那么你应该如何推进停滞不前的恋爱关系呢？解决这个问题的方法有许多。

例如，你可以暂时不与对方联系。这样，他可能会思考："发生了什么事？"女性应该给予男性思考的时间。与其直接逼迫男性给你答复，你不如给他时间，让他自己意识到"我不想分手"。

同时，女性与男性应保持一定的距离，表现出短暂的"漠不关心"，这有助于女性掌握两个人关系的主动权。古往今来，"失去的总是最珍贵的"这

一观念始终存在。(笑)

在保持距离的同时,女性应该认真审视自己的内心,真诚且冷静地问自己:"在我的未来中,他是否真的不可或缺?"

如果你经过深思熟虑,仍希望与对方共度余生,并希望恋爱关系尽快推进,那么你可以从对方的社交圈入手。正如我之前多次提及的,通常情况下,男性受社会环境影响较大,因此,你可以通过他的朋友、家人、上司,向他传递"你也应该考虑结婚了"的信息。这样,即使对婚姻有所顾虑的男性也会意识到"我或许该结婚了"。一旦他认为"大家都这么做",接下来,你就要创造一个能够使他下定决心的机会,那样的话,他将毫不犹豫地作出结婚的决定。

最重要的事是倾听自己的心声

即使你每天都寝食难安,一个人痛苦,恋爱关系停滞的情况也不会改善,因此,你应该怎么做,还是要向自己的内心要答案。不过,你也不必把这件事想得太困难。如果你抱着"绝对不能出错"的心态,每天战战兢兢,那么你的恋情反而可能出问题。

谈恋爱最重要的是开心，与其费尽心思地设计与对方商量的时机和方式以此来逼迫对方就范，你不如在日常生活里的某一个时刻向他提议。比如，你可以一边收拾洗好的衣服，一边若无其事地提议："咱们现在的这种关系挺不错，难得咱们这么合拍，要不咱们就再往前走一步？"这种轻松自如的态度是不是比逼问婚期更好呢？对大多数男性来说，这也是可以接受的。

也许你投下去的这块石头不会立即使你们的关系发生变化，但是只要这句话能够对他的内心世界产生影响，让你们的关系泛起涟漪，那么你就已经取得了极大的成功。请一面享受恋爱的过程，一面游刃有余地引导他吧！

偶尔"逃跑"也是一种方案

如果能轻松脱身，那么逃跑即胜利

我认为，人通常可分为两种类型：一种是总渴望变化的旅人型，另一种则是不喜欢变化的安稳型。

旅人型的人喜欢变化。在过去的 10 年里，他们可能已经进行了至少 3 次远途旅行。这样的人倾向于通过旅行或搬家来不断改变环境，他们比较喜欢不断改变生活方式。

安稳型的人不喜欢变化，他们拥有与生俱来的忍耐力。他们可能会一边抱怨"讨厌，讨厌"，一边耐心地留在原地，为改善自己不满意的环境而继续奋斗，不断扩大自己的影响力。

我们在这里不讨论哪种类型的人更好，每个人心中都有符合自己天性的生活方式。

按照这种分类，我应该属于旅人型。虽然我并不经常旅行，但在过去的 10 年里，我搬了 6 次家。

在成为作家之前，我换过 5 份工作。我对新环境没有丝毫恐惧。事实上，我每次搬家或换工作的理由都是这些："我已经受够了！我在这儿再也忍不下去了！"当压力值达到个体所能承受的极限时，个体的行为模式就会发生改变。这种改变有时被视为逃避现实的表现，但我对此并不感到后悔，我认为人应该追求自己想要的生活。

我喜欢不断改变自己所处的环境，或许有人将这种行为视为逃避，而社会上的人对此也不乏批评之声，许多人认为：逃避即失败。我却不这么认为。如果能够摆脱困境，那么我们选择逃避也未尝不可，但在逃避之前，我们能够忍受到什么程度是一个关键问题，而那种经过极度忍耐后的逃避是无可厚非的。

动物本能地具有逃避危险的天性。例如，狮子出现时斑马会逃跑，怕光的微生物在遇到光线时会向暗处移动。因此，具有智慧和行动能力的人类，离开不适合自己的环境，向适合自己生活的地方移动，是一种十分自然的行为。

我认为，"压力"本质上源自人们渴望改变处境却又无能为力的状态。相反，通过改变环境来缓解压力的例子也屡见不鲜。如果一个人盲目地认为"逃避即失败"，遇到压力却不想办法采取行动来减轻压力，那么其可能会使自己的身心健康受损。胃病、社交隔离、抑郁等，都是压力可能造成的结果。因此，我们与其在不适合自己的环境里折磨自己，不如寻找一个更适合自己的环境继续生活。

工作和恋爱在某些方面有着相似之处。在明白某份工作或某个人"不适合我"之后，果断辞职或分手，是明智的选择。

然而，如果你认为人生的所有问题都可以通过逃避来解决，那么你就大错特错了。无论身处何地，人际关系总是无处不在，新环境也会带来新的挑战。通过不断接触新环境，我们会逐渐识别出自己能够忍受的事物与不能忍受的事物之间的界限，因此，知道界限在哪里是至关重要的。我认为，我们为了自己能更好地生活而更换环境是十分合理的行为。

改变环境，没有想象中那么难

许多人把生活不顺怪罪于自己所处的环境，比如："因为我所在的公司里的职员大都是女性，所以我谈不了恋爱。""因为我在乡下，所以无法实现梦想。""因为我身处城市，所以我的生活压力越来越大。"受困于环境，举步维艰，我非常理解在这种处境中的人。

其实，要改变这种处境，只要动起来就行了。请不要顾虑："现在辞职的话，奖金……"如果你不改变自己所处的环境，那么"我是好的，都怪环境不好"这种想法会越发强烈，你的内心世界也会渐渐封闭起来，你会以自己的想法为标准，衡量一切。那些说"我已经非常努力了，却还是得不到认可，没有回报"的人，只考虑了自己。我希望他们能敞开心扉，观照世界。

即使不出国，我们也能改变环境，比如寻找一个新的兴趣爱好，交一些新朋友，更换闲暇时活动的场所。如果你想要寻求更大的变化，可以选择去外地生活或者出国生活。如果你更换了环境之后，认可了自己当下的状态，那么你改变环境的行动就算是成功了。

然而，你必须注意的是，不要过度期待通过改变环境来改变你的一切。当然，一些微小的变化是会发生的，例如改变心情，发现自己的新才能。但是，要让自己立刻发生彻底的改变是不可能的。例如，一个性急的北方人，即使迁往生活节奏较慢的南方，可能仍会因其要做的事情进展缓慢而感到焦躁不安。（笑）

因此，无论身处何地，我们都无法逃避"自我"，我们最终还是需要面对自己。我希望你不要忘记这一点。

刻意去谈"糟糕恋爱"的冒险心理，可能成为改变的原动力

我们自己内心深处涌现出的强烈的"想改变"的念头，为改变提供了极大的能量。有了这种能量，无论在哪里，无论做了什么改变，我们都不会后悔。如果你因为"大家都这样寻求改变"而随大流地改变自己，那么你很有可能遭遇挫折。

不要将外界的观点误当作自己内心的想法。如果我们被迫接受了社会上的某些寻求改变的观念，误以为那就是我们自己内心的想法，我们就会被这些观念束缚，使生活举步维艰。

虽然"冒险之心"常被提及，但真正的冒险之心不是"想登上珠穆朗玛峰"这种单纯的事情，而

是从舒适圈向外迈出一步的能力。女性应当消除
"跟他结婚的话，我会很幸福""穿上这条裙子，我
会很漂亮"等类似的念头，活出自己的风格。不
过，要做到这一点，也并不容易，打破自己心灵的
外壳，从固有的思维方式中独立出来，也需要很大
的勇气。与此相比，登上珠穆朗玛峰这件事反而显
得简单多了。(笑)

　　如果你想轻松地去冒险，那么在旅行中谈一场
恋爱或许是不错的选择。许多人可能认为短暂邂逅
型的恋爱并不可靠，但是你也不必因此有负罪感。
作为成年人，偶尔谈一场不被祝福的恋爱也是可以
的。如果你总是封闭自己，那么你就很难找到优质
的恋爱对象。如果一个人连糟糕的恋爱都谈不了，
又怎能期待其找到优质的恋爱对象呢?

经历失败，成长之后再回到原点也无妨

　　环境对人的影响是相当大的，如果一个人想改
变自己，那么"想要改变"的心态是非常重要的。
哪怕只是轻微的环境改变，也会对人的心态产生影
响，它可以使人注意到很多以前被忽略的事。

　　有一次，我因采访而去冲绳。与许多当地人交

流之后，我产生了许多想法："把精力全都放在工作上的人的人生极其无聊。""虽然舍弃世俗的追求，到乡村生活也不错，不过我更适合在城市生活。"

尝试改变自己，即使最后发现自己"果然是改变不了的"，那么这也是新发现。冒险并没有那么恐怖。与其因"我讨厌现在的自己"而磨磨蹭蹭，不如尝试一下冒险，即使失败了，也能学到很多东西，大不了退回原点。

除此之外，改变环境还可以让人有新发现，新发现可以使我们的眼界更开阔。有时候，在陌生的小店里喝一杯美味的咖啡，就会让人有一种"可以开始新生活"之感。旅行之所以有益，就是因为我们可以在旅行中获得好多觉醒的机会，空气、土地、天空、人、食物……意想不到的事物有时会成为让我们的内心重新活跃起来的原动力。比如，我曾意识到自己"虽然想当小说家，但好像更适合当会计"，虽然这种发现不能改变我现在的生活，却可以让我发现自己的潜能。

如上所述，开发自己的潜能是非常重要的。保持现有的生活也好，去他乡寻求新发展也好，我都希望你能敞开心扉，拥抱生活。即使人们往大海里扔泥巴，大海也不会因此而浑浊。如果我们的心能像大海一样开阔，那么即使被污染，被伤害，我们的心也能马上复原。总之，只要我们变得更加强大，我们迟早能改变自己所处的环境，驾驭自己的生活。

你是否适合结婚

对待婚姻，你是否过于"认真"了？

近来，结婚年龄已经不是人们衡量单身男女是否适合结婚的主要考虑因素了，因此，我们现在考虑一个人是否适合结婚，是以其"适合结婚的状态"为主要考虑因素进行考量的。

当代男女的青春已经被极大延长了。许多人已经过了35岁，却仍然单身，做着自己喜欢的事。以前，20岁之后没几年，青春就终结了。而现在，30多岁的人依然被视为青年，而结婚的适龄期也不断推后。

我身边30多岁的男女已婚的不到4成，其中有一部分人正在谈恋爱，但绝大多数是没有男女朋友而嘴里说着"想恋爱"的人。

我认为，为了使自己更适合结婚，我们还是不要延长自己恋爱的时长比较好。

在工作方面，我们通常不会无故拖延工作完成的时间。近期，许多人可能正在思考："我能做些什么？我想探索自己更多的可能性。"这导致他们延长了从事自由职业的时间。然而，无论是工作还是婚姻，如果不亲自深入尝试，我们便无法确定它们是否适合自己。

因此，过分看重自己的能力或价值也可能成为问题，我们应当适度降低自己对婚恋和工作的要求，不要对之抱有过高的期望，这样，我们可能就会得到令人满意的结果。（笑）

人们不再热衷结婚的原因

当今社会，不结婚也成为单身男女的一种选择。传统观念认为，人到了一定年龄就必须结婚，否则社会就会对之施加压力，男性受这种观念的影响尤其大，男性不结婚可能会影响其职场晋升。但现在，恋爱和结婚的方式变得更加灵活，不再有固定的模式。无论结婚时男女双方的年龄是多大，基本上都能为社会所接受。如果婚姻关系无法维系，离婚也是可以被人们接受的。现在的人可以根据自己的情况选择是否结婚，婚后是否与父母同住。虽然当代人的婚恋观念更加自由，但是许多人更加迷茫，不知道如何作出相关的决定。

我觉得这种情况和买包很像。不同款式的包太多，购买者反而不知该如何选择。如果大家都选择同一款包，那么就会安心许多。同理，女性在选择男性的时候也倾向于选择温柔、英俊、能做家务、有稳定收入的男性。

当下男性不结婚的一个重要原因是现在的年收入与以前的年收入差距较大。在日本泡沫经济时期，35岁左右的日本男性的平均年收入约有700万日元，现在35岁左右的日本男性的年收入反而下降了，因此，即使他们结婚，也很难养家糊口，女性的年收入也下降了，贫困人口增加了。如此一来，人们就会想："还是挣一份钱，养活一个人比较好。"

不过，事实真的是这样的吗？安贫乐道也不错嘛！（笑）我知道大家害怕贫穷，不过，如果只是过普通的生活，可能也不会花太多钱吧。

女性挑选伴侣没有正确答案，但有诀窍

对女性而言，比起经济状况，结婚后生活方式的改变才是导致她们难以下定决心结婚的重要原因。

特别是有了孩子之后，有些女性可能连朋友的婚礼都不能出席，更别说和单身时一样独自外出旅行了。

在日本，许多人仍然认为育儿的工作理应由孩子的母亲承担。不过，女性也可以引导男性，让他们参与到育儿活动中来。仔细想来，女性确实很辛苦，结婚之后，既要教育小孩，又要引导丈夫。（笑）

话说回来，因为挑选伴侣没有正确答案，所以未婚女性应当扩大择偶范围，选择真正与自己合拍的伴侣。这里的合拍，既指精神上的合拍，也指生理上的合拍。

因此，我建议女性选择和自己有较多相似之处的伴侣，而不仅仅将注意力放在对方的外在条件上。两个人有相似的饮食口味，喜欢相似风格的电影，有一定的共同话题……这些都十分重要。

如果两个人有相同的兴趣爱好，三观较为一致，那么这对男女最终走到一起的概率就比较大。

促使我结婚的关键是一本书。我第一次进入她独居的房间时，不经意间看了一眼她的书架，书架上放着一本十分小众的小说，我也有这本小说。我知道，有这本小说的人并不多，而她的书架上不仅有这书，而且它还是精装的单行本，我对此感到十分惊讶。她的书架上的许多其他的书，我自己也有，这让我觉得我们之间的距离瞬间拉近了。

另外，在交谈中，我发现她是一个头脑灵活的人，这也是我选择她的一个重要原因。

越是重大的问题越要轻巧地决断

近年来，结婚者年龄偏大的现象十分普遍。许多人认为，自己不能像年轻人那样，仅凭一时冲动结婚。有人可能会想，"我都等到这个时候了，不能冒险"，或者"我不想随便决定自己的婚姻"。

女性选男性伴侣有点儿像选古董，如果眼光好，其"价值"会逐渐上升；若看走了眼，也就只能这样了。不过，女性按照自己的喜好选择的伴侣，即使他们日后没有出人头地，没有"升值"，选择他们的女性也会无比珍惜他们，她们会觉得："哎呀，这样也还行吧。"（笑）

虽然结婚是十分重大的决定，但我们不必过于谨慎。

如果我们以轻松的态度去处理重要的事情，其结果反而会比较符合我们的心意。在选择衣服和午餐这类琐事上，我们应该更加认真。而在选择结婚对象的时候，我们可以像随意抽牌一样去选择，这样一来，事情可能会出乎意料地顺利。

就算我们选错了，失败了，只要笑着把那张牌放下即可。即使离婚了，我们也可以再次选择新的伴侣。这样做会让人感到轻松，这样生活的人也是非常洒脱的人。

拥有美好爱情的七条法则

第一条：不要随波逐流，请认真思考自己想要什么样的爱情

究竟什么是大家都渴望的"美好爱情"？电视剧里经常有这样的故事：一对情侣在一起，没有争执，感情稳定，男性偶尔会带着花束出现在女性面前，两个人最终在亲友的祝福声中举行婚礼。现实中的爱情真的会这样吗？

我认为，适合所有人的"美好爱情"并不存在。首先，女性应该先弄清楚："对我而言，美好的爱情是什么？"因此，我希望你能聆听自己内心的声音："我想要什么样的爱情？我想要的爱情是否与大部分人的爱情不同？"即使有人说你所认为的美好爱情不可靠，也无关紧要。有许多人选择与不太理想的伴侣交往，也向着幸福生活努力前进。

许多女性喜欢同一类型的伴侣，就像我们对某些款式的衣服和包有相似的偏好一样，其实，我们需要根据自己的个性和需求寻找真正适合自己的伴侣。

因此，我们要打破"美好的爱情应该是这样的"这种刻板印象，认真审视自己的真实需求。我们应该更多地根据自身情况来选择伴侣，而不是追求别人眼中所谓的"完美伴侣"。

有时，这可能会导致我们选择了一段可能会让自己受伤的爱情，在某些情况下甚至会使我们自我怀疑。然而，比起在不适中维持一段感情，接受"我的恋爱就是这种模式"似乎能让我们更加幸福。在我看来，那些勇于面对自我、不断成长的女性，才是真正具有独特魅力的女性。

第二条：偶尔挑战一下极限型恋爱

有人说，女性通过恋爱获得成长。我也这么认为。然而，与那些刻板的男性进行平淡无奇的恋爱，并不能提升女性的魅力。尝试与有个性的男性谈不同类型的恋爱，才能更好地磨炼自己。

若女性想通过恋爱获得成长，不妨勇敢地受一次伤，经历一段支离破碎、伤痕累累的爱情。女性可以与比自己优秀的男性交往，或者尝试与那些散发着危险气息的男性交往。

这样的恋爱不仅可以使女性体验到爱情的快乐，也为女性追求长久的幸福做好了准备，同时也能提高女性的恋爱技巧。当然，与这些特别的男性交往也要建立在"喜欢"的基础上，这类男性往往对女性具有较强的吸引力。

虽然大部分女性嘴上说着"稳定的爱情比较好"，但那种让人觉得不放心的爱情更令她们开心。

那种一直觉得自己"虽然幸福，但总像是缺少些什么"的女性，更应该尝试去谈一次刺激的恋爱。你不必担心自己深陷其中，那样的男性通常不喜欢一成不变，因此，若你们不合适，他也不会浪费自己的时间。

不过，在恋爱中的你，请为了爱情而努力，不要害怕受伤害。我希望你哭泣，你烦恼，你愤怒，你情绪波动。

在恋爱刚开始的几个月里，即使恋爱没有太大进展也没关系，你可以慢慢积累恋爱经验，品尝到真正的恋爱滋味的那一天肯定会到来。

第三条：受伤后放松一下自己，再寻求更多的恋爱机会

恋爱就像体育运动，经过高强度的运动后，我们要学会适当放松。如果在紧张刺激的爱情中受了伤，那么我们也要学会放松自己，以便开始下一段恋情。

幸福的恋爱经历，可以增强女性在恋爱中的自信心。这既能让女性轻松地面对感情，在恋爱中保持主动，又能很好地体验恋爱的美好。我认为，女性在恋爱中使用一点儿小心机也是可以的。如果女性能够在感情中保持身心平衡，那么她就可以自如应对情感生活中的变化。（笑）

总之，在一段恋爱结束之后，女性要学会让自己保持轻松的状态。

从过去的恋爱模式中解脱出来，放下曾经的山盟海誓，参加社交活动，认识新的异性，这比起痛苦自怜地独自舔舐伤口要好得多。你可能会觉得"这不是我"，其实，只要你愿意稍微放松一下，将自己从失恋的痛苦中解放出来，那么你就能创造更多意料之外的恋爱机会。

说到底，循规蹈矩、千篇一律的爱情是产生不了快乐的，恋爱的美好往往在日常的小意外之中。大部分电影也是因为有意外事件才使观众兴奋起来的。我希望你能打破束缚自己的条条框框，尽情享受爱情带来的意外。

第四条：舍弃"对方理应如此"的观念，提高鉴别男性的能力

许多女性经常说自己"不懂男性"，这是因为她们的观察力不够。女性可以在日常生活中好好观察男性的举止行为，比如收集他们醉酒后的表现及其朋友们对他们的评价，悄悄积累数据。女性可以观察恋人以外的男性，这可以使女性很好地了解男性。而被观察的男性也会因为没有意识到自己被观察，放松警惕，展现出自己真实的一面。因为观察他们的女性对他们没有特别的要求，所以可以冷静地对他们进行客观的观察。

有趣的是，大部分男性的行为都是相似的。说谎时，他们不敢看对方的眼睛。心怀愧疚时，即使不问他们，他们也会不停地交代自己一天的行程，还会刻意展示自己实际上特别不擅长的东西。

这种观察数据积累到一定程度之后，女性就会

渐渐明白，什么样的男性更适合自己，自己和什么样的男性在一起会更加幸福。不仅如此，通过观察，女性还可以发现自己能为恋人做些什么。恋爱的时候，许多女性因为过于关注自己，所以有时候会做出一些南辕北辙的事。比如，有的女性为了取悦男友而努力学习制作意大利菜，但对方偏偏喜欢日本料理，这样一来，其付出的努力就没有达到理想的效果。

此外，女性应抛弃"恋爱对象应该如何"的固有观念，让感情变得中立，这一点也十分重要。如果女性不这样做，就会对爱情中的一些细节视而不见。国外流传着这样一则寓言：一家旅店的店主为客人准备了一张特殊的床，如果客人的身体比这张床大，那么这张床就会切掉客人的手足；如果客人的身体比这张床小，那么床就会拼命拉扯客人的四肢，直到拉断。因为不管客人的体型如何，都会被床折磨致死，所以就没有客人敢睡在这张床上了。同理，有些女性被"理应如此"的观念所束缚，不符合其想法的人和事一概舍弃，这种想法是不会让女性及其伴侣得到幸福的。

第五条：坚持情商训练，拥有与对方共情的能力

我认为，女性在恋爱中不断提升自己的外在形象和内在素养是十分重要的。

大部分女性都十分注重自己的外在形象。女性可以通过化妆、穿漂亮的衣服等方法来增强自信心，让自己的恋爱更加顺利。当然，更为关键的是女性要提升自己内在素养。精神世界单调乏味的女性，即使其外表再美丽，也会使人觉得与其相处十分无趣。女性要提升内在素养，首先要增强与对方的共情能力，当伴侣遇到困难时，女性要能与男性共同面对困难并商量对策。

快乐的时候一起笑，可以说这是一种将自己的心贴近对方的心的能力。培养这种能力的关键在于语言，如果你能仔细倾听对方的话语，认真地与对方交谈，我想你的女性魅力指数也会有所提高。

要想说出更多体恤的话语，女性需要有丰富的人生经历。经历过极度的悲伤和极度的快乐，人的内心才会更加丰富，更加厚重。

如果女性没有丰富的人生经历，不能通过现实中的经验来提高自己的情商，那么也可以通过读书、看电影来增加自己的阅历。比如，女性可以通过看爱情电影来好好哭一场。（笑）读爱情小说和看爱情电影也是很好的情商训练项目。"没有恋爱勇气"的人也可以通过小说和电影来提高自己的情商，这在某种程度上也算是一种恋爱的模拟训练。

第六条：空窗期也要让恋爱引擎保持启动状态，体验快乐、悲伤，让自己在以后的恋爱中变得更强

如果你曾经练习过一段时间的瑜伽，后来因工作太忙而中断，当你重新开始练习它时，是否会觉得自己有些怠惰呢？情感生活也是如此，长时间不谈恋爱，重新开始谈恋爱，可能会觉得谈恋爱既麻烦又可怕。

因此，即使你目前是单身，也不要让内心的激情冷却。你要时刻准备好，让自己的心随时准备迎接爱情。

即使你没有遇到心仪的人，也可以真诚地与对你有好感的人多多交流，这也是提升恋爱能力的一种方式。不去尝试与异性相处，当真正的爱情来临时，你也许会措手不及。换句话说，我们应该在爱情来临之前做好准备，像准备好泳衣一样，准备随时投入爱情的海洋！

虽然这么说可能有点儿夸张，但是那些声称自己"只谈高质量恋爱"的人是不太现实的人。体验不同类型的爱情，经历许多快乐和悲伤，最终领悟到爱情的真谛，这才是恋爱的终极意义。一开始就想"我只追求最完美的爱情"，是不现实的。

想要得到真正的爱情，就不能计较个人的得失，过于算计的人很难真正感受到爱情的美好。而那些即使努力也可能无法有结果的爱情，可以让我们从苦涩中学习到许多经验，变得更加成熟。

第七条：一个人时也要好好享受人生，希望你能倾听自己内心的声音

最后，我想说的是，谁都可以拥有美好的爱情，每个人都有爱情的入场券。不过，在决定自己的爱情走向的时候，很多人会被社会上充斥的"必须这样做才能幸福"的观念左右。

如果你能拿出勇气，把那些对自己而言没有意义的观念清除掉，那么，你就接近了美好的爱情。

怎样得到美好的爱情呢？我们回到最初的话题，首先，你要正视自己。如果你能倾听自己内心的声音，那么你就会明白，对你而言，什么是最重要的。

我认为，幸福需要靠自己去寻找，想要得到爱情的你必须具备这种魄力。恋爱不能救你于水火，仅靠某名男性就让你过上幸福的生活的想法是不现实的。

　　只有那些能好好与自己相处的人，才能抓住真正美好的爱情。

　　总之，美好的爱情和好好生活是相辅相成的，不是要点儿小聪明就能得到的。虽然这不简单，但也没有多么困难。

　　女性要在爱情中一边受伤，一边成长。

　　让我们告别胆怯，开始一段美好的爱情吧！

后记　你做得很好

　　每个月，一位媒体编辑都会针对一些女性关心的问题向我提问，我需要绞尽脑汁思考其答案。

　　这些问题都是我自己预想不到的，但它们对年轻女性而言，是非常现实的问题。在回答这些问题的过程中，我自己也有意外发现。关于恋爱、工作和人际关系的一些问题，我是怎样想的呢？不诉诸语言，我也没有办法确定自己真正的想法。人心是很复杂的。

　　这本书中所写的内容，都是我的真心话。至少到目前为止，我是这么认为的。在每次接受采访之前，我几乎都没有做事前准备。采访的时间很短，我就直接根据主题临时构思要回答的内容。这种重复的问答过程渐渐有了流畅的韵律，现在，我已经非常期待每次的采访了。

　　我想对正在阅读这篇后记的你说一些非常简单

的话：你做得很棒！请不要苛责自己，一边享受生活，一边慢慢推进爱情和工作就好，即使失败了，过去的经验也不会白费，你依然可以重新开始。

我现在才发现自己居然用了颇多笔墨，从不同角度反复地说明了这样一件事。

最后，我想对青春出版社《倾诉》编辑部的3位编辑、把各种散碎话语整理成漂亮文章的两位作者，以及把平凡的拍摄对象拍得那么帅气的两位摄影师表示感谢，因某些原因，团队曾更换过人员，因为事情繁杂，我就不一一列举曾付出劳动的朋友们的名字了，但请诸位要想到"啊，他说的是我呀"，就这样骄傲一下吧！非常感谢诸位！工作完成之后，让我们一起去享受美食吧！这本书不是我一个人的成果，它是我们团队全体成员共同的工作结晶！

石田衣良

写于9月的澄澈之夜